dtv

Wie lässt sich unsere Zeit bestimmen? An einem aus-
gegrenzten Ort trifft sich eine illustre Gruppe von
Menschen, um über die Sehnsüchte und Hoffnun-
gen unserer Gegenwart zu streiten. Ein altes verwun-
schenes Haus im Gewerbegebiet vor der Stadt wird
zur Zufluchtsstätte einer kleinen Gruppe »geretteter
Figuren«. Vier Geschwister sind es und zwei unglei-
che Liebhaber, die sich eine der Schwestern ins Haus
holt. Abgeschirmt von Alltag und Außenwelt, entwickelt sich in dieser freiwilligen Isolation ein bald
somnambules, bald hellsichtiges Spiel der Gedanken
und Verhaltensformen. Was bestimmt unsere Zeit,
wie können wir sie bestimmen? Gibt es nach den ele-
mentaren Bewusstseinskrisen des 20. Jahrhunderts,
nach Angst, Ekel, Wahn und Langeweile, eine eigene
Grundstimmung, eine Chiffre, eine ›Signatur des
gegenwärtigen Zeitalters‹? Die Bewusstseinsnovelle
von Botho Strauß fragt – in der Erinnerung an die
großen Symbolfindungen der deutschen Literatur
von Kleist bis Hofmannsthal – nach dem Bild, das
jenseits des Netz-Werks für uns gültig sein könnte.

Botho Strauß, 1944 in Naumburg/Saale geboren, war
zunächst Redakteur, Theaterkritiker und später dra-
maturgischer Mitarbeiter an der Schaubühne am Hal-
leschen Ufer. Er lebt in Berlin. Neben zahlreichen
Prosatexten sind im <u>dtv</u> Theaterstücke in Einzelaus-
gaben und in vier Sammelbänden lieferbar.

Botho Strauß

Die Unbeholfenen

Bewußtseinsnovelle

Deutscher Taschenbuch Verlag

Ausführliche Informationen über
unsere Autoren und Bücher
finden Sie auf unserer Website
www.dtv.de

Januar 2010
Deutscher Taschenbuch Verlag GmbH & Co. KG,
München
Lizenzausgabe mit Genehmigung des Carl Hanser Verlages
© Carl Hanser Verlag München 2007
Umschlagkonzept: Balk & Brumshagen
Umschlagbild: ›Moni's Fenster, Schickanöd‹ (1984)
von Henning v. Gierke
(WV 508, 120 x 100 cm, Öl auf Holz)/
VG Bild-Kunst, Bonn 2009
Satz: Satz für Satz. Barbara Reischmann, Leutkirch
Druck und Bindung: Druckerei C. H. Beck, Nördlingen
Gedruckt auf säurefreiem, chlorfrei gebleichtem Papier
Printed in Germany · ISBN 978-3-423-13827-7

Die Unbeholfenen

Das Haus, in dem mich die Familie meiner neuen Freundin erwartete, lag draußen vor der Stadt und war das einzige Wohngebäude mitten in einem öden Gewerbepark.

Verloren und trotzig übriggeblieben stand es zwischen den Fertigteilkonstruktionen der Lagerhallen und Containerbüros. Ein dreigeschossiger Fachwerkbau aus späterer Zeit, mit nachempfundenem mittelalterlichen Zierat, galt es seinen jetzigen Bewohnern je nach Laune für das einstige Domizil einer zu Wohlstand gelangten Wahrsagerin oder gar für das Haus des Scharfrichters außerhalb der Stadtmauer. Vor allem Nadjas jüngere Geschwister hielten es für fluchbeladen, wenn sie einmal der Koller der Abgeschiedenheit überkam und sie ihr entlegenes Wohnen als Strafe empfanden. Aber dies geschah eher selten und war allenfalls Ausdruck einer flüchtigen Überreizung, denn man hatte sich ja freiwillig in die gemeinsame Isolation begeben und von der äußeren Alltagswelt entfernt.

Als erster begrüßte mich der ältere Bruder, ein Mann knapp über dreißig, mit einem Kopf voll silbergrauer Locken und ungewöhnlich breitem Oberkörper. Natürlich sah ich, daß es die Brust eines Verwachsenen war, die mir auf Anhieb so vertrauenswürdig erschien und bei der ich am liebsten schon jetzt Zuflucht gesucht hätte. Denn ich fühlte mich unversehens entwurzelt, kaum daß ich in dieses mir völlig unbekannte Gemeinschaftsleben eingetreten war. Sein Brustkorb saß beinahe ohne Übergang auf den Oberschenkeln, ein Bauch oder Unterleib war nicht zu erkennen. Er fuhr im Rollstuhl auf mich zu, und ich kann mich nicht erinnern, daß mir der Anblick dieser Mißgestalt in den Zimmern meiner neuen Geliebten auch nur das geringste Unbehagen bereitet hätte.

»Albrecht!« rief er seinen Namen und streckte mir die Hand entgegen. Im selben Moment faßte ich eine überschwengliche Zuneigung zu ihm, ziemlich haltlos und verfrüht. Das einfache Wechselspiel von anziehenden und abstoßenden Kräften, das für gewöhnlich unter noch unbekannten Menschen eine erste Orientierung erlaubt, schien bei mir zu diesem Zeitpunkt außer Kontrolle geraten. Jedenfalls war ich in der fremden Umgebung, die die häusliche meiner mir ebenfalls noch fremden Freundin war, nicht imstande, zwischen Scheu und Überschwang, tiefer Beklommenheit und spontaner Vertrauensseligkeit eine gemäßigte Empfindungslage zu wählen.

Dieser mißwüchsige Albrecht könnte bald schon dein bester Freund hier sein! So pochte das Herz vor lauter Sympathie, als ich mit ihm die ersten Worte wechselte. Seine Aufmerksamkeit, seine Vorsicht und Güte – alles Vorteilhafte an ihm hatte ich im Nu er-

mittelt, mit der Gemütssonde des ängstlichen Neu-
ankömmlings.

Er wird dir immer eine Zuflucht bieten – wird dir
zur Seite sein bei all den Ungewißheiten und Mißver-
ständnissen, die vielleicht unvermeidlich sind bei
einer so plötzlichen Entscheidung für einen anderen
Menschen.

Mein bester Freund würde dieser Albrecht sogar
bleiben über den Tag hinaus, an dem seine schöne
Schwester und ich kein Paar mehr wären.

Dann traten aus ihren Zimmern im hinteren Korri-
dor die beiden jüngeren Schwestern meiner Nadja,
ein Zwillingspaar, wenn auch offenkundig nicht ein-
eiig, kaum älter als Mitte zwanzig. Sie verwickelten
mich gleich auf unbefangene Weise in ihre behende
Unterhaltung und wollten mich mit flinken Finger-
spielen an ihren Rätseln beteiligen. Es gab meiner-
seits ein paar ungeschickte Versuche, mitzutun, bis
ich merkte, daß die eine der Schwestern taub war
und die andere lediglich bemüht, mir diesen Umstand in einfacher Zeichensprache mitzuteilen, ohne
das Taubstummenalphabet zu benutzen. Nicht zuletzt um zu prüfen, ob mit mir auf diese behelfs-
mäßige Weise eine Verständigung möglich sei. Ich
zeigte aber mein Bedauern, zuckte die Achseln und
wechselte stattdessen mit beiden einen kräftigen
Händedruck, der beinahe einem Paktschluß glich.

In diesem Moment – bei der Begrüßung der Zwillinge – war mir, als spürte ich die vielen falschen

9

Hände, die ich in meinem Leben gefaßt hatte, in Windeseile, Druck für Druck, durch meine Rechte laufen wie einen zurückgespulten Film. Die unzähligen verkrampften und schlappen Begrüßungen, in die ich eingewilligt hatte, die unzähligen Handschläge, die ich mit heuchlerischen und verräterischen Menschen getauscht hatte und mit solchen, die mir mit Vorbehalt oder schlecht verhohlenen Hintergedanken begegnet waren, darunter auch Frauen, die mir gar keine Hand geben konnten, sondern nur ihre lasche, kraftlose Pfote. Oder andere, die sie sofort wieder entzogen und mich mit vorgeblicher Verächtlichkeit ansahen, doch unterhalb der Augen, mit zweideutiger Scheu, um den Kerl im Mann zu provozieren und ihm mitzuteilen, daß er nicht zur Freundschaft tauge, sondern einzig zum sexuellen Verzehr. All dies erinnerte blitzschnell meine Hand.

Denn hier, gerade eben, hatten zwei junge Frauen mit einer Warmherzigkeit meine Hand gedrückt, als wünschten sie den ganzen Menschen unter Vertrag zu nehmen. Und zuvor war das helle Gesicht eines Verwachsenen vor mir aufgegangen wie ein Tor, das aus der eitlen Beliebigkeit des Menschenverkehrs in den stillen Garten einer festen Freundschaft führte.

Am liebsten hätte ich mich in meinem Übermut an die ganze Weltgemeinschaft gewandt und ihr zugerufen: Hütet eure Rechte! Spart sie für die wahrhaft Vertrauenswürdigen auf!

Albrecht, der Krüppel, warf seinen Glanz von innen nach außen. Gemüt und Charakter verliehen ihm eine männliche Schönheit, wie man sie bei normal Gewachsenen, unter denen sich die eigentlich verbildeten und behinderten Männer unserer Zeit befinden, nur selten antrifft.

Ganz anders Romero, der nächste Mann, der mir im ersten Stock des alten, entlegenen Hauses entgegentrat. Sein Auftritt weckte nur Mißtrauen in mir. Niemand stellte ihn vor, aber da er offensichtlich mit den übrigen nicht verwandt war und ein gewisser erotischer Dünkel ihn verriet, konnte es sich nur um den verflossenen Liebhaber meiner Nadja handeln.

Anscheinend war er weiterhin in ihrer Umgebung geduldet und hielt sich hier regelmäßig auf, weil er – so legte ich es mir zurecht – der feste Freund Albrechts geworden war und dieser ihn nicht aufgeben wollte, auch wenn sich das Liebesverhältnis mit seiner Schwester vor Jahr und Tag gelöst hatte.

Es fiel mir zu Anfang nicht leicht, die künstliche Anordnung zu überblicken, in der sich diese Familie, einschließlich des Romero, zueinander verhielt. Dieser Ehemalige jedenfalls – er mochte um die Mitte vierzig sein, also etwa in meinem Alter – war trotz seines südlich klangvollen Namens ein Deutscher von Abstammung und mehr noch von Wesensart, ein unduldsamer Intellektueller, wie er seit zweihundert Jahren zu den besonderen Begabungen unseres Landes zählt. Den Namen hatten seine Eltern angeblich aus Hemingways Erstlingsroman »Fiesta« auf ihren Sohn übertragen – ohne etwas von seinen wahren Anlagen zu ahnen, die sich weit entfernt von der Mannheit des Stierkämpfers entwickelten.

Bevor ich ihn genauer kennenlernte, war er für mich lediglich der zungenschnelle Lästerer, der von früh bis spät keine Gelegenheit ausließ, sich in spitzen Urteilen und Anmerkungen zu gefallen. In meinen Augen glich er jenen schwefligen Leuten, die, um sich als frei und unbequem hervorzutun, vornehmlich geistigen Gestank verbreiten. Er wie ich waren, im Verhältnis zu Nadja mit ihren gerade erst siebenundzwanzig Jahren, reife Liebhaber. Mich irritierte, daß er es ihr gegenüber an jener bitteren Höflichkeit vermissen ließ, die meiner Meinung nach zum guten Ton des Verflossenen gehörte – zumindest in Anwesenheit des Nachfolgers. Ja, er glossierte sie häufig und machte vor allen anderen launige, wenn nicht gar abfällige Bemerkungen über sie. Ich merkte wohl, es war ja nicht zu übersehen: er setzte sich damit vor mir in Szene, dem Neuen, dem Eindringling. Wie er sich gab und wie er sich ausdrückte, sollte mich einschüchtern und meine Ungewißheit, in welche Gesellschaft ich hier geraten sei, vertiefen.

Ich wußte ja noch nicht, daß in diesem abgesonderten Milieu, diesem sehr engen zuchtvollen Miteinander jede Regung, der jemand nachgab, lediglich für eine kurze Impuls-Zeit existierte. Danach, wie nicht geschehen oder sofort vergessen, verschwand sie aus jedem Zusammenhang, ohne eine dauerhafte Wirkung in der Gemeinschaft oder bei einem ihrer Teilnehmer zu hinterlassen. Ich wußte noch nicht, daß Unbeständigkeit in der Haltung und Einstellung zueinander das eigentliche Prinzip, die organische Verfassung dieser lebhaften Gemeinschaft war – wodurch sie sich erhielt und immer neu bestimmte.

So hätte ich mich anfangs beinahe eingemischt und war kurz davor, als einziger rabiat zu werden, als Romero, dieser lästerliche Mensch, nicht davor zurückschreckte, selbst delikate Einzelheiten seiner Liebesbeziehung durchzuhecheln, ohne daß irgendeiner der Anwesenden ihn in seine Schranken wies. Vielmehr schienen sich alle – Nadja nicht ausgenommen! – an seiner Schlechtigkeit zu erfreuen wie an einer schäbigen, schlüpfrigen Conférence. Am meisten amüsierten sich die beiden Zwillinge, wenn sie auch ungleichzeitig lachten, weil Elena ihrer Schwester Ilona die Rüpeleien mit den Fingern erst übersetzen mußte.

In diesen Räumen, vor allem in diesem einen gemeinsamen Raum, so mein erster Eindruck, schätzte man die elegante Formulierung weitaus höher als jede andere geistige Qualität. Das Böse, dem sie mitunter Vorschub leistete, beachtete man so gut wie nicht. Weder Niedertracht noch Infamie schienen hier jemanden zu treffen. Sie prallten am Schutzschild der Güte ab, hinter dem Albrecht als der Älteste die übrige Familie vereinigt hatte.

An diesem Mißverhältnis – Romeros verletzende Bosheit sowie die Unverletzlichkeit der von ihr erheiterten Geschwister, darunter meine Nadja – scheiterte meine bescheidene Moral, ich lachte nicht und fühlte mich sehr fremd und außenstehend.

Dieses Gefühl verstärkte sich zum Abscheu, als ich erfuhr, daß Romeros Frau oder gegenwärtige Gefährtin gerade an diesem Abend in die Wehen gekommen war. Etwa zur selben Stunde, die er bei der Familie seiner ehemaligen Geliebten verbrachte, hatte sie sich allein in ein städtisches Krankenhaus begeben. Doch was mich fassungslos machte, berührte sonst niemanden. Am liebsten hätte ich mit einem Schrei der Empörung die eisige Gleichgültigkeit gebrochen, mit der man dieses Ereignis beiseite schob, nur weil grundsätzlich alles, was *draußen* geschah, und selbst die Geburt des eigenen Kinds, keine weitere Beachtung verdiente. Doch mein Aufschrei wäre nur einer dieser kurzfristigen Impulse, dieser Affekt-Pfeile gewesen, die hier andauernd die Luft durchkreuzten, ohne daß ein einziger Treffer erzielt wurde.

Also beherrschte ich mich und hörte dem werdenden Vater zu, als er einen verdrießlichen Monolog über sein noch ungeborenes Kind hielt. Denn eigentlich hätte Nadja es von ihm bekommen sollen. Folglich werde es für ihn nun immer das von Nadja Ungewollte bleiben. Zynisch setzte er hinzu, er werde in allen Sprachen der Welt nachforschen, ob sich ein namensartiger Ausdruck finde für »das von Nadja Ungewollte«, und diesen Namen, wie immer er klingen möge, werde er seinem Kind verpassen.

Zweifellos hatte Romero die Stunde seines Besuchs genau gewählt, um sich mit einigen abgeschmackten Pointen in seiner ganzen erhabenen Unnatur zu präsentieren, vor Najda und zur Abschreckung auch vor mir. Doch welch Aufwand an Herzenskälte, um einen so armseligen Auftritt abzuliefern!

Aber was fällt mir ein! Bin nicht ich in Wahrheit der Armselige, wenn ich versuche mich gegen Romero aufzulehnen? Ich, der so wenig Eigensinn bewies, so wenig Ausdauer besaß, um sich diesem geistigen Biest entgegenzustellen …

»Ich habe einen Fehler begangen, von dem mein weiteres Leben nicht mehr loskommt«, sagte Romero, als wollte er zu einem ernsten Bekenntnis ansetzen. Doch die Aussage war in Anführungszeichen gemeint, und er fuhr fort: »Das ist ein Satz, auf dem die gesamte Dramaturgie des späten 19. Jahrhunderts beruht, der Satz eines Hebbel, eines Ibsen. Auch ich könnte ihn mir zum heutigen Tage sagen, diesen Satz, an den ich jedoch nicht glaube, der mir lebensfremd erscheint. Warum sollte ausgerechnet mein Verhalten, mein Handeln, mein Entscheiden das letzte Reservat einer *linearen Kausalität* sein?«

Für mich war, wie gesagt, die Grenze des Abgeschmackten zur reinen Niedertracht längst überschritten, und ich erwartete die ganze Zeit Einspruch und Zurechtweisung von Albrecht, noch dringender jedoch von meiner Nadja. Am wenigsten von den beiden jüngeren Geschwistern, den Zwillingen, die dem Provokateur häufig (und jeweils zeitversetzt) applaudierten. Man ließ ihn eben gewähren, beachtete jede geschickte Wendung, jeden rhetorischen Kniff und freute sich am Tanz seines Intellekts. Selbst ich, je länger ich ihm zuhörte und meinen Protest unterdrückte, spürte, wie der Scharfsinn, die Suggestion seiner Wortwahl, die ganze kalte Glut dieses Menschen mich zuerst abstießen, dann erschreckten, dann etwas weniger empörten, zuweilen mich verblüfften, dann sogar faszinierten, um mir am Ende unwiderstehlich einzugehen.

Und wenn ich mich eben noch für eine unkontrollierte Zustimmung geißeln wollte und schwören, seiner Wirkung ganz bestimmt niemals zu erliegen, da war ich ihr auch schon erlegen.

Ich muß hier einschalten, daß ich im Kreis geselliger Personen, sofern jemand von ihnen eine ausgeprägte Eigenart besitzt, schnell zu einem unsicheren, ja unselbständigen Menschen werde. Ich vergehe vor Neugier und Hinwendung, sobald ein deutlicher Charakter, eine Persönlichkeit sich in der Nähe befindet, und sei es auch ein deutlicher Schurke.

Er kann mich übertrieben stark beeindrucken, das ist meine größte Schwäche. Er kann mich sogar, leichter, als er's ahnt, unter seinen Einfluß bringen. Ich bin dann bereit, und der Ausgeprägte erkennt schließlich und nutzt meine Bereitschaft, ihm und seiner Eigenart nachzugeben, ihm die ganze Fläche meines blassen, ungeschminkten Wesens zum Abfärben zur Verfügung zu stellen. Ich bin in Wahrheit alles andere als ein Einzelner von Kierkegaardschem Zuschnitt, für den ich mich in jungen Jahren so gerne hielt, solange ich der Spur der Philosophen folgte und meinte, von einer Lebensentscheidung zur nächsten über mich selbst hinauszuwachsen. Doch im Zuge dieser Studien hatte ich mich damals schon jedem verführerischen Vorbild schrankenlos unterworfen. Ein Einzelner war ich denn wohl, aber eben ein unselbständiger Einzelner, um nicht zu sagen: ein Dilettant seines Ichs. Eine Disposition, an der ich litt und gedieh zugleich. Die mich oft zu einem Schemen verringerte und mir dennoch manchen Vorteil brachte. Ich war eben gern ein Mann unter Einfluß. Mich durchzog die Substanz deutlicher Menschen wie Nahrung die Zellmembranen. Gutes und Bestes drang ein, lagerte ab, doch nur indem und solange ich mich ihnen anglich – das meiste schied ich wieder aus, sobald der jeweilige Einfluß versiegte.

Zwar schämte ich mich dieser Schwäche, ich verurteilte mich für meine Durchlässigkeit, meine unkontrollierte Abhängigkeit vom anderen. Zugleich war ich davon überzeugt, ein Vorsprung in die nächste Zukunft zu sein. Ich hielt meine unglückliche Begabung für eine Übergangserscheinung auf dem Weg zur großen Fusion: der Auflösung und Öffnung der

Person zu freien, jedermann zugänglichen Clustern von Eigenschaften, Bewußtseinswolken, die nicht mehr von den angeborenen Grenzen des Individuums aufgehalten und eingeschränkt wurden. In meinen Augen waren die besten Köpfe, denen ich begegnete, schon jetzt mehr oder weniger raffinierte Verschnitte wohlbekannter und widerstandsfähiger Geistgewächse. Zuweilen unterschied ich die Intelligenzen wie Zuchtrosen lediglich nach Farbvarianz und Schädlingsresistenz. Demnächst nach der Öffnung der alten Individual-Grenzen würde jedes einzelne dieser Gewächse in einer Kultur der Infiltrationen, Übertragungen und Durchdringungen seinen Überlebensvorteil erheblich verbessern.

In dem alten Vorstadthaus bewohnte Nadjas Familie nur das mittlere Stockwerk. Alle bewegten sich abwechselnd zwischen ihren einzelnen Zimmern und dem früheren Speisesaal, der an einer der Schmalseiten in die halbrunde Nische mit dem vermauerten Kamin mündete – ein sprechendes Symbol für die ungemütliche Abgeschlossenheit, in der sich hier das Experiment oder das kühle Spiel der gegenseitigen Abhängigkeiten und Kontakte im raschen Wechsel vollzog.

Oft kam einer, der sich eben erst entfernt hatte, aus seinem Zimmer zurück, wie angezogen von einem Fehler, den er beim Spiel gemacht zu haben glaubte. Oder weil er im Gespräch etwas unerwähnt gelassen oder überhört hatte. Es war eine förmliche Sucht, mit der dies Hin und Her zwischen Rückzug und Versammlung von allen betrieben wurde. (Albrecht stets voran in seinem elektromotorischen Rollstuhl!) Ich tat, als wäre ich bereits mitten im Spiel, verstand aber weder Regeln noch Absicht der Partie.

Nadja, dem Anschein nach entschlossen, eines der hohen Rundbogenfenster in der Nordwand des Saals zu öffnen, ging an mir vorüber, um nach wenigen Schritten, als fiele ich ihr gerade ein, anzuhalten, den Kopf zu senken und einige Worte, die mir galten, an den Fußboden zu richten.

»Ich bin leer und liebe. Leer bis auf den Grund und doch verliebt in dich. Ist das nicht seltsam? Ich kann in meinen Blutgefäßen alle Aufbaustoffe eines großen Verlangens erzeugen. Ich kann jede Haltung, jedes Urteil, jeden Traum, die zu einer großen Liebe gehören, in mir erzeugen und hervorbringen. Und trotzdem dieses ohrenbetäubende Sausen der Leere. Une sorte de vertige? Oder ist es wie der Höhenkoller im Schneegebirge?«

Jetzt hob sie den Kopf, als warte sie auf eine Antwort aus weiter Ferne. Es waren nur ein paar Schritte, die sie an mir vorbeigegangen war. Doch blieb sie im verlorenen Profil mir näher zugewandt, als hätte sie unmittelbar vor mir angehalten.

Sie war fast einen Kopf kleiner als ich. Es schien ihr schwerzufallen, mich anzublicken.

»Wie soll man sprechen?« fragte sie. »Verlaufen in der Sprache nicht alle Bedeutungen ineinander wie die Farben auf einem Turner-Bild? Und so viel Mitgeteiltes, das sich eigentlich ausschließt! Wie Farben es niemals tun.

Doch wozu sind wir da? Uns zu lieben und uns zu sprechen. Als ich klein war, glaubte ich, meine Worte blieben alle um mich herum in der Luft hängen. Und was ich gesagt hatte, das wuchs und wuchs, verzweigte, verstrebte, verwilderte, wuchs immer dichter ineinander. Heute stelle ich fest, daß alles, was ich sprach, tatsächlich zusammenwuchs und mit der Zeit ein undurchdringliches Dornengestrüpp bildete, in dem ich einsitze wie das Kind in seinem Versteck, das dort nie wieder herauskommen wird.«

Plötzlich hatte ich das Bedürfnis, mir Luft zu verschaffen in diesem Raum voller Anspielungen und Rätselworte. Deshalb rief ich laut in die Familie hinein:

»Was soll ich Menschen antworten, die doch nur vor sich hin reden?«

Mein erster Gesprächsbeitrag, halb Hilferuf, halb Beschwerde, zeigte unter den Anwesenden die unterschiedlichste Wirkung.

Albrecht schüttelte freundlich seinen breiten Lokken-Schädel:

»Aber niemand wartet auf deine Antwort.«

Ohne meinem Blick zu begegnen, betrachtete er behaglich seine beiden glänzenden Schuhe.

»Sieh dir diese schönen Schuhe an. Ungarisches Handwerk. Aber das Beste an ihnen: sie paßten ebenso an die Füße eines Mannes, der wie ein Hase davonlaufen kann. Dieselben Schuhe!«

Nadja und Romero hingegen hatten auf meinen Ausruf mit einer halben Wendung des Körpers reagiert, gleichzeitig und unwillkürlich, so daß sie nun zueinander ausgerichtet standen. Sie blickten sich – wie es unter den Zurückgezogenen sonst eher vermieden wurde – geradeaus in die Augen. Doch lag kein Lächeln, kein Schimmer einer heimlichen Verständigung in ihrem Blick. Er war vielmehr kalt und fachmännisch wie der sichere Griff, der ein Akrobatenpaar verkoppelt, das hoch über der Manege schwingt. Suchten sie etwa Halt aneinander?

Zumindest für den Augenblick, der meinem ungeschickten Zwischenruf gehörte.

Romero, überrascht von dem unverhofften Aug-in-Aug mit seiner Verflossenen, sonderte wie im Reflex den Lockstoff einer Huldigung ab. Mir kam der Verdacht, zwischen den beiden genüge eine bestimmte Körperwendung oder Konstellation, um sie in eine unwillkürliche Erregung zu versetzen und zu gemeinsamen Gesängen anzustiften.

»Du stehst wie ein Riff unter den Leuten. Deine Seite ist schroff und abschüssig, eine Steilküste fern vom Meer, mitten im Land.«

»Du hast mich gebessert«, unterbrach ihn Nadja

und hob die rechte Hand gegen ihn, als wollte sie seinen vermutlichen Einspruch zurückweisen und sagen:

»Doch. So ist es. Du hast mich gebessert. Lassen wir es dabei.«

Romero setzte gegen die Hand sein trockenes Rühmen fort. Er klang aber auf einmal wie ein Höfling, der sich mit formelhaften Lobpreisungen dem Thron nähert. Immerhin war es derselbe Mann, der vor kurzem erst seinen spöttischen Witz an dieser Frau ausgelassen hatte.

»Die schönsten Frauen sind die mit Verachtung begabten. Ihr Körper ist die bewehrteste Grenze der Erde. An ihr zerschellen der niedere Geschmack, der billige Geist und die ruchlose Zeit.«

»Du hast mich gebessert, Romero«, wiederholte Nadja, diesmal etwas schwächer, dabei an Hals und Wangen errötend.

»Die Scham kennt eine Glut, die die Lust nur selten erreicht«, kommentierte ungerührt der Mann, der immerhin seine Erfahrung mit Nadjas Hautfarbenwechsel haben mußte. Und er hielt den Satz offen, als biete er die erste Zeile für einen ihrer Wechselgesänge an. Doch Nadja ergänzte nichts und bewirkte so, daß der Sänger in die erläuternde Prosa wechselte: »Man hat die Scham verdrängt wie einst die Prüden den Sexus. Ihre weltbewegende Kraft, die ihr der Sündenfall verlieh, hat man zur psychologischen Hemmung erniedrigt und verharmlosendem

Sittenkram zugeordnet. Doch allein die Scham verschleiert die Blöße und macht sie jedesmal wieder zur ersten auf der Welt.«

Mit ihrer erhobenen Hand wollte sie jetzt den ganzen Romero abwehren, den es offensichtlich zu einer längeren Anrede drängte. Ihre Hand bat ihn zu beachten, daß sie gegen die Wirkung seiner Sentenzen, die abgezirkelten Balzschritten gleichkamen, inzwischen genügend Widerstand besaß.

Doch Romero wollte nicht so schnell aufgeben und versuchte sie in eine andere Erzählung hinein zu locken.

»Wie der Kampfschild Achills das Relief des Lebens selbst vorstellte, damit er bannend wirke gegen die Todesgefahr, so waren auf dem dünnen Schleier der Königin Rhodope, den sie nachts vor ihrem Gemahl, dem König Kandaules, trug, um ihm den Anblick ihrer Nacktheit zu verklären, ebenfalls Szenen der Fülle gewebt, bizarre Fruchtbarkeitsriten, erfindungsreiche Umarmungen, Schmuckformen der Liebe. Auch dieser Schleier aus Kunst sollte apotropäisch wirken, nämlich wider den scheuen, kunstlosen Akt der Begattung.

König Kandaules aber tat ein übriges und erwählte den Mann Gyges, einen Ausländer, zum Freund, um ihn zu opfern, das heißt: um ihn hinter den Schleier der Gattin zu schicken ...«

Nun sah ich, wie Nadja zuckte, sich ein letztes Mal sträubte und wehrte, um schließlich doch in seine Erzählung einzustimmen:

»Rhodope sagte zu Kandaules: du brauchst, daß jemand, den du liebst, in mich verliebt ist, um mich lieben zu können.«

Romero lächelte, er hatte sein Ziel erreicht. Doch ich erschrak, denn ich fühlte mich, ohne der Erzählung ganz folgen zu können, von diesen Worten auf meine eigene Stellung zwischen meiner Freundin und Romero verwiesen.

»Rhodope geht noch einen Schritt weiter«, fuhr Romero fort. »Eines Nachts verzichtet sie auf ihren Schleier und legt eine Maske vor ihre Augen, als sie Kandaules empfängt. Sie meint, ihre Nacktheit, ohne daß sie ihre Augen bedecke, könne ihm nicht vollkommen erscheinen. Denn man erblickt niemanden, der einen anblickt.«

»Weil der Blick den Anblick stört«, stimmte Nadja zu. »Und das Auge sich nicht darbieten kann wie der Leib.« Für mich sah sie bei diesen Worten so aus, als wollte sie selbst eine Rhodope sein. Gleich fuhr sie fort:

»Vollkommene Schönheit, sagt Gyges später, der einer anderen Kultur entstammt, sieht sich fortwährend gesehen. Wo auch immer sie sich befindet – auch ganz mit sich allein und bei der komischsten Verrenkung. Denn ohne diese innerste Voraussetzung, das stolze Opfer eingebildeter Voyeure zu sein, wäre sie nicht vollkommen: Sie lebt, sie atmet in einem Äther von Gesehenwerden.«

Und wieder Romero:

»In sich unangeschaut gehen aber die meisten heute. Häßlich ist nur die, die sich nicht vor geheimen Augenpaaren bewegt.«

Ich mußte mich nun ein weiteres Mal, da ich mit den Zwillingen, Elena und Ilona, bisher nicht vertraut war, an Albrecht wenden, hilfesuchend mit der Miene eines ratlosen, blöd grinsenden Mannes. Wie sollte ich es auch begreifen, in welcher Verbindung ich eigentlich zu einer Frau stand, die vor meinen Augen mit ihrem Ehemaligen wunderliche Reflexionen anstellte, poetische Verflechtungen einging, die ich für Balzschritte hielt, ein Balzen *nach* der Liebe, sicherlich, aber immer noch Schritte, die gegenseitig reizten und gefielen.

Mir war in diesem Augenblick, als ob Nadjas Liebe, die sie mir gestanden und bewiesen hatte – der Frost einer Dezembernacht hatte sie zu mir geführt, eine defekte Autobatterie und Blitzeis verhinderten, daß sie mich vor Sonnenaufgang wieder verließ – mir war also, als wäre jene glückliche Nacht nur ein Köder gewesen, mich einzufangen und in diese entlegene Gemeinschaft zu entführen.

»Man scheint hier nur in geheimen Absprachen miteinander zu sprechen«, flüsterte ich Albrecht ins Ohr, »ich kann mich nicht beteiligen.«

»Du wirst dich anpassen, und es wird dir nicht schwerfallen«, antwortete Albrecht.

»Die Sprache mahnt den Sprachhörigen unentwegt zur größten Vorsicht, sich in ihr nicht *wie in seinem Element* zu fühlen.

Oder wie ein Philosoph – es war Rosenstock-Huessy – einst schrieb: Wir sprechen, um einander zu sagen, wohin der Weg führt. Die Sprache ist durchaus kein Verständigungsmittel. Sie ist überhaupt kein Mittel. Sie bestimmt uns zu unserer Bestimmung. Denn sie ist der Einbruch des Herzens in den Stumpfsinn des Verstands. So meinte er.

Wir sprechen, um wie bei der Flurprozession der Römer, den Rogationen, den Acker unserer Zeit zu umschreiten. Ambarvaler, Flurumschreiter, Zeitumschreiter sind wir, wenn wir sprechen. Auch die Zeit wird eine blühende Flur, wenn wir sprechen. Ambarvaler, Flurumschreiter, feierlicher Umzug, um Fruchtbarkeit für die Fluren zu erbitten. Rogationen. Inter-Rogationen: Befragung, Erkundigung, Wechselbitten. Die Frage bittet um Antwort. Die Antwort bittet um Frage. Das Zwiebitten. So wird es dir bei uns ergehen. Wir widersprechen einander nicht.«

In dieser geschwisterlichen Familie – und Romero mußte ich leider hinzuzählen – bewegte man sich nicht, wie man es sonst von energischen Gemeinschaften kennt, in unmittelbarer Annäherung aufeinander zu, in unmittelbarer Abstoßung voneinander weg.

Über den Köpfen der Fünf gab es so etwas wie eine vermittelnde Instanz, eine empfindliche Regulatur, die mit allem, was diese Menschen sagten, verstanden und taten, gleichsam gefüttert und programmiert wurde. Sie schien es auch zu verhindern, daß je eine Äußerung oder ein Antrieb unmittelbar aus dem Wesen oder der Stimmung einer einzelnen Person hervorgingen.

Denn jeder war mit dem anderen über dieses ideelle Relais verbunden, das ganz unvorhersehbare Anstöße in die Familie schickte und sie mitunter zu Versuchspersonen ihrer eigenen Verhältnisse entmündigte.

Im Grunde versetzte das Vehikel sie immer wieder in ein Stadium der wechselseitigen Erprobung, der Test- und Prüffälle, und sorgte für die schon erwähnte Unbeständigkeit aller einzelnen Verbindungen und Zuordnungen.

Instabilität aber verschaffte ihnen, den dauerhaft Unzertrennlichen, die Illusion, einander nicht verläßlich zu kennen. Das Relais tauschte Bekanntes in Unbekanntes, und so kam es, daß sie sich oft nicht daran erinnerten, was sie vom anderen bereits mehrere Male gehört oder schon einmal mit ihm erlebt hatten.

Deshalb klang es mir beinah als Sinnspruch oder stand wie ein Motto über ihrem sämtlichen Hin und Her, als Nadja zu Romero sagte:

»Du hast mich gesehen und wieder vergessen. Du hast mich wiedergesehen und wieder vergessen.«

Mit diesen Worten beendete sie den Wechselgesang mit ihrem Verflossenen und kehrte sich einstweilen von ihm ab.

Ja, waren sie nicht wie Puppen an den Fäden einer Reflexion, die über ihren Köpfen und nicht in ihnen stattfand? Jeder flüchtige Gedanke, jede innere und äußere Regung, die den einzelnen beschäftigten, hing an den Strippen einer vorrangigen Gemeinsamkeit und leitenden Sympathie. Man muß es sich vorstellen wie ein Ektoplasma – eine Ausstülpung ihres zu fünft bewegten Geistes. Und dieses aus ihnen hervorgetretene Gebilde *ließ* sie denken, ließ sie auf den Wellen des Bewußtseins tanzen, als wären sie Marionetten in der Hand eines launenreichen Spielers.

Es ergab sich später im Verlauf der langen Unterhaltung, daß Albrecht an ein Wort von Paul Valéry erinnerte, der einmal bemerkt habe, Menschen von höherem Bewußtsein würden in jedem Augenblick zweifeln, ob sie die Quelle ihrer selbst oder aber bis in die Tiefe ihres Daseinsgefühls hinein Marionetten wären. Und so könnten gerade dem bewußtesten Bewußtsein durch Interventionen aus der Ferne, die unmöglich nachzuweisen sind, beliebige Störungen und Modifikationen zugefügt werden.

Erst dieses Zitat gab mir den erhofften Aufschluß über die intuitive Verfassung meiner neuen Gesellschaft. Er selbst aber, Albrecht, stellte keinerlei Verbindung zwischen ihr und dem Wort des Denkers her. Es diente ihm lediglich als Beleg für die Gefahr, die von einem alles Menschliche hinter sich lassenden, letzten und höchsten Bewußtsein ausginge, vom Zerebralmonster, das eines Tages drohe, sich des Weltthrons zu bemächtigen.

Der Gedanke Valérys wurde also nicht zur Selbsterkenntnis genutzt, nicht zu einer – dann möglicherweise ruinösen – Definition der eigenen Lage.

Dieser nicht erfolgte Übersprung, dieses rechtzeitige Abbiegen der Reflexion vor einer lähmenden oder zerstörenden Einsicht, das war im Grunde die einzige Lücke, der einzige Spalt Himmelblau (oder Unschuld), den ich an diesen sich selbst so dicht bewußten Menschen entdecken konnte.

In ihrer freiwilligen Haft, in ihrem magischen Gehege hatten sich besondere Formen der Vorsicht und gegenseitigen Anteilnahme entwickelt. Zum Beispiel waren sie einfallsreich damit beschäftigt, neue aparte Umgangsformen hervorzubringen. Einen rätselhaften, für Außenstehende kaum nachvollziehbaren Anstand an den Tag zu legen. In ihren Gebärden, Stellungen und Anzeichen, in beinah jeder Lebensäußerung lag etwas Vorbedachtes, das zwar auch zu ihrer Unterhaltung diente, sie im ganzen aber einzuschränken und zu verpflichten schien. Ja, man könnte sagen: Sie lebten und bewegten sich ständig als erläuterte Personen, gleichsam als habe ein Kommentar das Werk, auf das er sich bezieht, aufgesogen und verschlungen, dabei aber die Leidenschaft und Heraldik des ursprünglichen Buchs sich selbst zueigen gemacht.

Offenkundig waren sie deshalb weder Hypochonder noch etwa Pfadfinder einer sogenannten Selbstverwirklichung, die sich *draußen* oder *unter den Leuten*, wie es hier gern hieß, großer Beliebtheit erfreute oder noch erfreut. Sich irgendwelchen sozialen Rollen oder Standards des Wohlergehens anzupassen, das wäre ihnen gar nicht möglich gewesen. Sie entwarfen sich aus einem viel zu fragmentierten Innenleben, als daß sie zu festumrissenen Rollen hätten finden können.

Sie mußten nicht nach draußen gehen (was sie bei notwendigen Anlässen gleichwohl taten), um zu erfahren, was draußen vor sich ging.

Ihr gemeinsames Verstehen, das fortgesetzte Erläutern und ihr eigenes Erläutertsein, hatte die Wirkung einer Parabolantenne, die das entfernteste soziale Geräusch empfing.

Wenn man ihre sonderbare Verfassung in ein Paradox zwingen wollte, so könnte man vielleicht sagen: sie verkörperten ihr Verstehen, ohne es selbst zu verstehen. Und darin regte sich ein unstillbarer Trieb, nicht minder lebensfromm und dunkel wie der geschlechtliche.

Nun, dergleichen Erwägungen verdankten sich natürlich nicht den ersten Beobachtungen in meiner neuen, befremdlichen Umgebung. Sie nehmen bereits einige Schlüsse vorweg, die ich später aus meinem Aufenthalt zu ziehen versuchte.

Ein erster geringer Teil von ihnen füllte aber schon die Verlegenheitspause, die entstanden war, nachdem Nadja und Romero ihre Zwiesprache beendet und sich wieder voneinander abgekehrt hatten.

Albrecht, an dessen Seite ich ausharrte und Schutz suchte, betrachtete erneut seine blitzblanken Schuhe und klagte: »Manchmal wühlt der Fuß in meinem Schuh und bäumt sich auf wie ein gefangenes Tier.«

Als er aber bemerkte, daß er meine anhaltende Beklommenheit nicht lösen konnte, sagte er, auf die beiden anspielend, die immer noch voneinander bewegt waren:

»Etwas zieht sie an, aber sie lieben sich nicht. Denen, die sich lange Zeit nicht losließen, wird auf einmal das Herz kalt. Sie fühlen sich nicht mehr. Doch versuchen sie in einigen körperlichen Wendungen nachzuempfinden, was zwischen ihnen war.

Neben den Veränderlichkeiten, die wir aus uns hervortreiben, an denen wir uns erfreuen und über die wir zuweilen erschrecken, neben ihnen gibt es freilich für uns Geschwister ein festes Dogma, eine Losung, die unabänderlich für jeden gilt: Niemand verläßt den Raum.

Die Unausweichlichkeit, in der sich also jeder vor dem anderen befindet, bringt es mit sich, daß eine Störung allenfalls der gewöhnlichen Zeitverläufe auftreten kann, während man die Umgebung, Wände und Menschen, niemals wechselt.

Eine Liebesgeschichte, die einmal ihren Willen und ihre Energie in die Welt dieser Etage gesetzt hat, kann nicht auf einen Schlag wieder daraus ver-

schwinden. Vielleicht kann sie überhaupt nicht endgültig beendet werden, etwa auf Grund einer skanda-
lösen Begebenheit oder einer Periode der Entfrem-
dung. Sie verläuft eben nicht. Sie ist deshalb auch
keine Geschichte. So wie draußen, in der freien Wild-
bahn sozusagen, jedwede Geschichte ihren Verlauf
nimmt, schon indem jeder vorm anderen davonlaufen kann. Aber da keiner von uns, und ich am wenigsten, irgendwohin davonlaufen kann – in uns ist
Fortgehen genug! –, verliert eine Liebe hier ihre natürliche Entwicklung zum Ende hin. Sie steht und
schwankt. Sie schwächt sich ab, sie lädt sich wieder
auf. Sie vollzieht alle möglichen Kehren und Volten,
wiederholte Annäherung, vorläufige Entfernung und
was sonst die erotische Materie aus sich hervorbringt
in einem solch fortschrittslosen Zustand.

Das Tückische an der Sache ist nur, daß ich niemals
eindeutig wissen kann, in welchem Segment, in
welcher Zone ich mich gerade befinde innerhalb
dieser *stehenden Geschichte*. Bin ich mit allem, was
ich gerade fühle, noch mitten in ihr oder gehören
diese Gefühle bereits in die Phase einer Auflösung?
Und dann: wird es nur eine vorübergehende Auflösung sein? Weil es eben mehrere geben kann, wie ja
auch Nadja und Romero mehrmals begonnen haben sich zu lieben ... oder ist es doch vielleicht die
letzte?«

Wohin war ich da verführt worden? Und von wem?
Meine Verführerin, die schnell entschlossene Frau

einer Nacht, in Wahrheit eine unbeständige Person und noch immer von einem anderen abhängig?

Trotz vieler Indizien, die gegen mein Glück sprachen, wehrte ich mich nur noch mit halber Kraft gegen meine Lage. Zwar war ich zu diesem Zeitpunkt dem Einfluß Romeros noch nicht erlegen, doch spürte ich schon, wie das Dickicht der Abhängigkeiten, in das ich hier eingedrungen war, sich allmählich auch um mich schloß.

Wie seine blühenden und dornigen Ranken nach mir griffen und mich nicht mehr freigeben wollten, so sehr ich anfangs noch Anstrengungen machte, mich loszureißen und rechtzeitig wieder aus dem Haus zu rennen. Doch nun…?

Das Rätsel, das Nadjas Verhalten mir aufgab, konnte ich nicht einfach auf sich beruhen lassen.

Ich war inzwischen überzeugt, daß sie mich nur benutzte, um Romero zu reizen. Vielleicht wollte sie auf diese Weise noch einmal seine besten und schönsten Töne aus ihm hervorlocken. Mag sein, sie liebte ihn nicht mehr! Aber *neutralisiert* konnte sie ihn erst recht nicht ertragen! Also griff sie zu dem erprobten Mittel, ihm seinen Nachfolger vorzuführen, einen glaubwürdigen natürlich, für den ich mich immerhin hielt. Ja, vorgeführt fühlte ich mich, an ihrer Longe gehalten, sie ließ mich Figur machen.

Zu diesem Zweck nahm sie mich jetzt ins Visier. Abrupt drehte sie sich auf den Fersen in meine Richtung, während Romero sich sofort in ihren Rücken stellte und mich über ihre linke Schulter wie aus einem Fenster anschaute.

»Florian Lackner!« rief Nadja mich beim Namen wie einen neuen Schüler.

»Es wird nicht dabei bleiben, daß wir vor den Augen der anderen flüchtige Wangenküsse tauschen. Wir werden uns auf dieser Etage zurückziehen, um einander zu lieben wie andere Paare auch. Es kommt nur darauf an, daß die Kraft der Umarmung niemals die Kraft der Sympathie übersteigt.«

Wie sollte ich sie verstehen? Ich genierte mich, ich bekam einen roten Kopf. Alle sahen mich an, als zweifelten sie, daß ich den Erfordernissen eines die Sympathie schonenden Liebesakts gewachsen sei. Auch ärgerte es mich, daß Nadja zwar zu mir hin sprach, doch eigentlich den anderen verkündete, was nur uns beide anging. Mir geradezu öffentlich die Statuten der Lust verlas, an die ich mich zu halten hatte!

In diesem Moment traf mich eine Stimme aus dem Hintergrund, wo der Saal mit einer flachen Konche abschloß, einem Bogen aus nackten gekalkten Ziegeln, gegen den die Zwillingsschwestern auf ihren Stühlen kippelten. Zwei im Abseits, denen nichts entging, was der Neuling an Ungeschick und Befangenheit zu bieten hatte.

Überrascht drehte ich mich ebenfalls auf den Fersen um und entzog mich dem neugierigen Fensterblick Romeros.

Es hatte sich nämlich Elena eingemischt, jene der beiden Zwillingsschwestern, die ich für mich auf den ersten Blick *die Gekochte* genannt hatte, nach der berühmten Unterscheidung des französischen Strukturalisten. Dementsprechend mußte die andere, Ilona, vorerst *die Rohe* heißen. Sie war die anziehendere von beiden; die reine absichtslose Verführung, aber eben taub. Meist saß sie über ihr Handy gebeugt, das sie natürlich niemals ans Ohr hob, sondern auf den übereinandergeschlagenen Beinen flink und flinker betippte, ein SMS nach dem anderen abschickend.

Elena hingegen, der Statur nach kaum von ihrer Schwester unterschieden, war dennoch die entwikkeltere von beiden, eben: die Gekochte. Anders als ihre Schwester, an deren Seite sie sich die meiste Zeit aufhielt, beteiligte sie sich an den Gesprächen oft nur mit einem schnellen queren Einwurf. Auch sie war eine Puppe an den Fäden der gemeinsamen Reflexion, welche die Gedanken jedes einzelnen in Bewegung setzte.

Elena also rief aus dem Hintergrund: »Du bist an sich ein kleiner Mann. Und sie nimmt auch nicht viel Platz ein.«

Ich ein kleiner Mann? Wie lästig wurde mir das umständliche Verstehen! Wie anstrengend war es, ständig diese halb verschlüsselten Botschaften einzuschätzen, zumal sie im Ton beinahe unverschämt klangen. Vielleicht hielt sie meine innere Person für gering, meine Moral und meinen Charakter, obgleich sie, bis auf unseren kraftvollen Handschlag zu Beginn, kaum Gelegenheit hatte, mich kennenzulernen.

An Körperlänge überragte ich Nadja auffallend genug. Dennoch war es nicht eindeutig beleidigend gemeint, dafür war die Betonung des »Mann« wiederum zu moderat, wenn auch nicht gerade schmeichelhaft. Also handelte es sich um einen dieser Impuls-Sätze, eine unvermittelte Äußerung, wie man sie auch aus entspannten Unterhaltungen an weniger ungewöhnlichen Orten kennt. Einwürfe, die die ruhige Bahn eines Gesprächs peinlich durchkreuzen und die man in der Regel vorgibt nicht zu beachten. Hier aber schienen mitunter auch unfertige Sätze losgelöst durch den Raum zu schwirren wie freie Atome und nach irgendeiner Verbindung zu suchen. Man hörte manchmal in tiefe Lücken hinein, die sich in die Mitteilungen schoben wie Leerstellen, die auf einem Prüfbogen auszufüllen sind.

In diesem Kreis schien Sprache beständig nach Ergänzung zu verlangen oder überhaupt nur aus Ergänzungsnot oder -begierde ausgesprochen zu werden. Bedürftige Mitteilungen gab es tatsächliche jede Menge, vielleicht weil keiner der fünf Anwesenden allein noch etwas Komplettes und Ganzes sagen konnte.

Allerdings war der Satz-Bolzen, den die Gekochte ungezielt abgeschleudert hatte, gleichwohl eingeschlagen. Ich sah, daß Nadja ein Schluchzen unterdrückte und ihre Unterlippe zu zittern begann. Offenbar hatte sie der Sinn der queren Worte getroffen, der an mir freilich vorbeigesaust war. Und er hatte sie sogar verletzt. Ich war noch nicht vertraut genug mit dem Prinzip der Unbeständigkeit, nach dem hier ein geringer spontaner Anstoß zu einer unverhältnismäßig tiefen Wirkung führen konnte. Wenngleich beide, Aktion und Reaktion, binnen kurzem wieder zu nichts zerfielen.

Deshalb dachte ich: Wie kann ein flapsiges Wort der Elena, dazu noch auf mich gemünzt, meine kühle Geliebte so leicht aus der Fassung bringen? Ich konnte es mir nicht anders erklären, als daß auch Elena Macht über meine Nadja besaß. Und das genierte mich, es verringerte sie in meinen Augen. Da aber Elena den unerwünschten Effekt ihres Einwurfs bemerkte, war sie bemüht, die Wirkung zu mildern und uns mit einer allgemeinen Betrachtung abzulenken.

»Irgendeine Goldgier«, so meinte die Gekochte, »steckt doch eigentlich hinter jeder Liebe. Der Geschlechtstrieb wird immer noch von anderen Trieben beeinflußt, die zum Teil sogar mächtiger sind als er. Vorteilssucht, Geltungsdrang, Häuslichkeit, sogar Bosheit oder ein Kind – alles das kann die *Goldgier* sein, die eine Liebe nur zu ihrem Zweck benutzt.

Und du, Romero, hast es gerade selbst erlebt: wieviel Gier nach einem Kind verbirgt sich nicht in der scheinbar reinen und hemmungslosen Lust einer Frau!«

Elena konnte es nicht unterlassen, ihre Schwester daran zu erinnern, daß in diesen Stunden eine andere ein Kind von Romero auf die Welt brachte. Dieser Frau jedenfalls würde die Geburt zur einzigen Befriedigung, zur einzige Rechtfertigung ihrer Geschichte mit einem infamen Mann dienen.

Der als Vater Angesprochene zeigte hier keine Reaktion, vielmehr sah er Elena unverwandt an und dachte augenscheinlich an etwas anderes.

Also schloß Elena mit den Worten: »Wenn man es recht besieht, so gibt es keine zweckfreie Liebe auf Erden.«

Darauf schien sie besorgt, geradezu erregt von der Besorgnis, daß niemand ihren Faden aufnehme. Denn sie hatte nur auf Ergänzung hin gesprochen und selbstverständlich in der Erwartung, von jemandem in der Runde aufgefangen und fortgesetzt zu werden.

Albrecht kam schließlich seiner jüngeren Schwester zu Hilfe, um ihre Ansichten nicht absterben zu lassen. Er suchte sie mit einem ausführlichen Beispiel zu stützen und zu erweitern.

Diesmal legte er die gefalteten Hände in den Nakken und hob den Blick zur Decke, zum Stuckkranz und in dessen Mitte zum Haken für den zwar äußerlich verschwundenen, doch eigentlich immerwährend strahlenden Kronleuchter.

»Der Mann von fünfzig Jahren ... so heißt, wenn ich nicht irre, eine Erzählung in Goethes *Wanderjahren*.

Ich erinnere mich an die Wintergehöfte auf den Hügeln, sie waren durch Überschwemmung voneinander abgeschnitten, doch das Eis verband sie wieder. Ich erinnere mich auch an die Herrschaft des chemischen Elements, welche die Entsprechungen unter den Personen regelt oder steuert. Doch eigentlich ist es in dieser Erzählung der Beobachter, welcher das Beobachtungsfeld ständig verändert. Was der Erzähler bemerkt (zusammenfaßt, begutachtet, einwinkt), verändert zugleich das gegenseitige Bemerken der Personen.

Bevor sie sich finden, Hilaria und Flavio, sind es zwei einander Versprochene, die sich beide zugleich – und das ist die launische Chemie – einer dritten Person zuwenden. Später beim Schlittschuhlauf legen sie einander die Arme um die Schulter, und aus der Haltung folgt wie von selbst, daß jeder mit des anderen Locken auf dem Kragen spielt. Alles beschlossen und im Beschluß schon wieder gelöst, geschieden und vermieden. Doch das Nicht-Mehr mit dem einen enthält schon ein neues Noch-Nicht mit demselben. Dem Sohn des Geliebten gegenüber die Feinste, Nebelhafteste und Keuscheste, scheint Hilaria doch immerhin bereit, sich dessen Vater hinter jeder Brunnenschale hinzugeben. Landsitze in dieser tiefen Winterruhe sind das geeignete Labor, um die feinsten Umschwünge des Herzens zu isolieren. Orte für unverhoffte Besuche, die einen abrupten Sinneswandel auslösen. Es ist der Wandel des rein sinnlichen Interesses, das freilich von einem ganz anderen, stärkeren Interesse vorgeschoben und angetrieben wird. Denn hier beherrscht das Ökonomische das Wechselspiel von Anziehung und Abkehr! Besitzvermehren, Urgrund der Verheiratung, bildet nun den Untergrund für die Instabilität der Stimmung, für die schwankenden Notierungen der Neigung.

Die schönste Art, etwas zu bekommen, ist die Liebe. Gelenkt und beeinflußt wird sie jedoch von einer anderen Macht aus dem Verborgenen, von der unsteten Magie irgendeines Goldes. Dieses Gold kann alles Mögliche sein, Position, Stätte, Ansehen. Manchmal auch nur: Ruhe. Oder – sehr richtig, Elena – *mein* Kind. Das wirkungsstärkste Gold.

Zahlreich sind die geheimen Attraktoren, die alles andere sind als die Liebe selbst und ihr mitunter durchaus widerstreben. Manchmal sucht sogar die Lust, die reine Besessenheit der Körper, in Wahrheit nach nichts anderem als nach dem Gold einer starken männlichen Güte. Es müssen nur genügend äußere Reize und Verfänglichkeiten vorhanden sein, durch die der letzte Zweck seinen Weg bahnen kann. Je stärker das Gold strahlt im Hintergrund, um so entfesselter im Vordergrund die Leidenschaft. Die schöne Witwe aber, die durch den Sohn hindurch den Vater liebt, und dann beim ersten Anblick diesen unverhohlen begehrt, beendet das Gebilde der ungeklärten Möglichkeiten, indem sie etwas Endgültiges tut und Flavio, ihren jungen Liebhaber, aus dem Haus weist.

Alles was glänzt, das Lächeln der Verführung, die plötzliche Erscheinung des nackten Leibs, verspricht einen Vorteil, der sich selbst niemals nackt zu zeigen pflegt. Und auch der sexuelle Purismus, amour fou, besessene Hörigkeit, sie suchen alle nach dem versteckten Gold, das vielleicht am Ende die aufgehobene Person, die Erlösung von der Person ist, also ein metaphysischer Attraktor.

Das große Vermögen, der enorme Ertrag, den sie mit einer Heirat erzielen würden, versetzt sie in die Klugheit der Möglichkeit, der Instabilität, sie akzeptieren die liberalen Regeln eines sinnlichen Erkenntnisspiels. Sie selber spielen nicht und wollen miteinander nicht spielen. Doch die kluge Ordnung oder Anordnung, die sie miteinander eingehen, sie tut es für sie.

In der Unbeständigkeit ihrer Neigungen unterliegen sie den wechselnden Strahlungskräften des Golds im Hintergrund. Die *Möglichkeit* wird von den probenden Herzen als ihr höchstes Vermögen empfunden – sie sind weit entfernt, darin etwas von der Wirksamkeit, von der steuernden Kraft oder Magie ihres ökonomischen Vermögens zu vermuten.

Wird die Möglichkeit durch irgendeine Entscheidung verletzt und beendet, gehen alle auseinander und lassen sich. Ihr gemeinsamer erotischer Körper bleibt als leere, leblose Hülle zurück.«

Albrecht war noch nicht zu Ende mit seinen Erwägungen, als Ilona, die Rohe, die ihn nicht hören konnte, den Oberkörper aufrichtete und sich vom Stuhl erhob. Ich sah jetzt ihre gespannte, ein wenig füllige Figur und die feinen Hände mit den langen mattlackierten Nägeln, die unentwegt über die titanfarbene Tastatur des Handys gehuscht waren.

Sie umfaßten das abgeschaltete Gerät, das sie ausschließlich zum Schreiben und Empfangen von Nachrichten benutzte. Ich beobachtete ihre umständlichen Bemühungen, das kleine ovale Ding in eine der aufgesetzten Taschen ihrer Hüft-Jeans zu stecken. Doch sie lagen so eng an, daß es nirgends unterzubringen war. Auch als sie sich schön verdrehte und ihre linke Seite anhob, um den Riegel in eine Gesäßtasche zu schieben, gelang dies nicht, und sie wanderte mit dem Teil weiter an ihrem Körper entlang. Schließlich wollte sie es zwischen den Hosenbund und ihren nabelfreien Bauch klemmen, aber es paßte auch dort nicht hin. Bei einem letzten Versuch klippte sie das Gerät an den Träger ihres BHs, dort rutschte es ab und lag nun schief über ihrem freundlichen Busen. Sie lächelte selbst über ihre Anstalten, und das Lächeln bat um Nachsicht, daß sie für uns andere vorübergehend zur komischen Figur wurde.

Wie nicht anders zu erwarten, konnte hier Romero eine süffisante Anmerkung nicht vermeiden, obgleich sie die beobachtete Person schonte und gleich in die ganze Welt hinaus führte. Es war mir aufgefallen, daß alle auf der Etage, vielleicht mit Ausnahme ihrer

Zwillingsschwester, mit der Rohen, sobald sie sprachen und ihre Unterhaltung führten, durch scheue Seitenblicke eine Verbindung hielten, gleichsam als nähmen sie auf eine Meinung Rücksicht, die sie bei ihr vermuteten, ohne je etwas davon zu erfahren.

»Die Kleidung lockt Unbekannt, der Blick sondiert, die Worte prüfen, das Lächeln erwählt. War es nicht immer so? Was unserer Verehrungswürdigen wie angegossen sitzt, sind die Beinkleider der laufenden Welt seit über fünfzig Jahren. Jeans. Von einem raschen Wechsel der Moden kann eigentlich nicht die Rede sein. Die sexuelle Uniform der Jeans beherrscht, ohne abgelöst zu werden, den Planeten. Es gab wohl sinnlich genußvollere, aber auch gehemmtere Zeiten, die zur Verführung mehr modischen Aufwand trieben. Denn Jeans, das ist gehobenes Gesäß und nur Gesäß. Das Barmittel, das zur einfachen Paarung genügt. Ohne aufwendige Gebärde, kostspieligen Umweg. Auch Tiere übrigens bieten an der Stelle mitunter einen zusätzlichen Schmuck.«

Jetzt legte die Rohe beide Hände wie einen Schalltrichter an den Mund, und ich hörte zum ersten Mal ihre Stimme. Sie rief ihre Worte laut wie im Bogen über den dunklen Fluß der Stille, der sie von uns trennte:

»Die Mutter spricht mit mir über SMS: ›*Steh gleich vor eurem Haus. Willst du mich bitte hineinlassen, Il-o-na?*‹«

43

Ihren Namen dehnte sie, sang ihn über drei Silben aus. Ihre Schwestern erschraken heftig bei diesem Ausruf, sie stürzten zu den Fenstern, Albrecht im Rollstuhl hinter ihnen her. Die Fenster wurden neu verriegelt, die Vorhänge zugezogen, um sich so fest wie möglich gegen die Mutter abzuschließen und zwar so, als gelte es, das Eindringen einer Giftwolke zu verhüten.

Durch die Vorhangschlitze spähten sie argwöhnisch hinunter auf die Straße, konnten aber ihre Mutter nirgends entdecken. Einen gewissen Verdacht erregte jedoch ein mittelgroßer Transporter, der an der gegenüberliegenden Laderampe parkte und mit Gemüsekisten beladen wurde. Am Steuer saß eine beleibte Frau, deren Alter man schwer schätzen konnte. Elena holte ein altes Opernglas, mit dem sie manchmal ihre nähere Umgebung absuchte, um ein paar Eindrücke *von draußen* zu sammeln. Lieferanten oder Lagerarbeiter wurden dann ein wenig näher herangeholt, vergrößert beobachtet. Das Glas wanderte nun von einem zum anderen. Aber am Ende schüttelten alle den Kopf. Die Fahrerin dort konnte nicht ihre Mutter sein, selbst wenn sie mit den Jahren ihre Form verloren, ihre schlanke Figur eingebüßt hätte.

Albrecht seufzte und wandte sich mit raschen Fingerzeichen an seine Schwester Ilona.

Er machte ihr ernste Vorhaltungen. Nadja kam zu mir und übersetzte, daß ihre Schwester nämlich auf keinen Fall das Haus verlassen und ihre Mutter sehen dürfe. Man müsse damit rechnen, daß sie nach dem plötzlichen Tod ihres Mannes, des Familienvaters, eine Gelegenheit suche, sich ihren Kindern wieder zu nähern.

Auch Romero, aus überheblichen Betrachtungen gerissen, machte die Familienangelegenheit zu der seinen und suchte mit schnatternden Fingern auf Ilona einzuwirken, daß sie auch den Handy-Kontakt mit der Mutter umgehend einstelle.

Albrecht bemerkte als einziger meine Begriffsstutzigkeit und sah ein, daß er mir eine nähere Erklärung schuldete für den kleinen Aufruhr, der in der Gemeinschaft, ihre abgezirkelten Schritte unterbrechend, plötzlich entstanden war.

»Um unsere geschwisterliche Ordnung ungestört einzurichten und für alle Zukunft zu festigen, haben wir uns schon früh entschlossen, unsere Eltern aus dem Haus zu schicken und jede Verbindung mit ihnen zu lösen. Denn *wir*, die Kinder und Geschwister, so sagten wir uns damals, werden miteinander das Leben teilen – und unsere Eltern mit ihrem entgegengesetzten Zeitpfeil, mit ihrem Zuendegehen können uns darin nur behindern.

Nadja war noch in der Pubertät, ich gerade um die zwanzig, als wir übereinkamen, den Plan, den ich ihr unterbreitet hatte, gemeinsam auszuführen. Die Zwillinge, damals noch halbe Kinder, mußten weiter nicht gefragt werden. War das nun ein Aufstand der

Jungen gegen ihre allzu strengen, sie kurz haltenden Eltern? Ganz gewiß nicht. Vielmehr schwebte mir eine geschwisterliche Familie vor, die längeren und festeren Bestand haben sollte als die Bindung an die Eltern. Und nur *eine* Bindung, *eine* Ordnung durfte gelten in diesem Haus, in dem wir uns vor den seelenräuberischen Einflüssen der Zeit, so gut es ging, durch engsten Zusammenschluß bewahren wollten. Wir sind als Einzelmenschen wie als Geistfiguren Endstationen. Keiner von uns wird Kinder haben. Niemand je wieder so denken wie wir. Auch verstehen wir uns nicht als Abkömmlinge unserer Eltern. Wir führen unsere Stammeslinie zurück zu anderen, früheren Verbündeten und »Familienangehörigen«, die sich ebenfalls aus ihrer Zeit, aus der Überschwemmung mit nichtswürdiger Gegenwart, zu retten vermochten. Auch wir sind eine Gemeinschaft geretteter Figuren. Unter der Einwirkung von Eltern und mit der Rücksicht auf eigene Kinder wären wir nie die geschwisterliche Familie geworden, die wir heute sind und hoffentlich noch lange bleiben werden. Vor allem hätten wir niemals die seltene Anlage der Sympathie entwickelt, die Nadja vorhin erwähnte, als sie von euren Liebesnächten sprach. Eine vielschichtige Empfindung, die nur in dieser abgesperrten Gemeinsamkeit entstehen konnte: Sympathie. Das heißt soviel wie untereinander nicht nach Verständigung suchen, sondern sie von vorneherein als gegeben empfinden. Sie erlaubt nun allerdings, ja zu ihrem Erhalt, ihrer Stärkung fordert sie sogar, daß von Zeit zu Zeit ein *Gast* zu uns stößt und sich an ihr beteiligt. Oder gegen sie verliert. Also, mit einem Wort: keine Eltern, keine Kinder. Kein Vorher, kein Nachher. Endstationen.«

»Aber Ilona?« fragte ich neugierig und verriet mein besonderes Interesse an der Rohen.

Mir war, als hätte ich von ihr einige Impulse empfangen, die außerhalb des Sympathie-Systems abgegeben wurden.

»Ist sie nicht anders gestimmt als ihr übrigen? Würde sie nicht gern einmal ausgehen? Und ihr haltet sie gegen ihren Willen zurück? Sie ist die einzige unter euch, die ein technisches Gerät benutzt. Die einzige wohl auch, die sich mit einigen Draußenmenschen austauscht. Denn euch kann sie nicht hören!«

»Zweifellos ist sie eine Ausnahme unter uns«, erwiderte Albrecht gelassen, »doch ihre Stellung ist eine ganz andere, als du vermutest. Sie ist die Quelle unserer Sympathie. Sie hält den Vorrat an sinnlichem Stoff, den wir benötigen, um einander nicht unleidlich zu werden. Man könnte auch sagen: Ilona ist das Zentrum unseres innersten Zusammenhalts. Doch weiß sie es selber nicht. Darin liegt der Unterschied zu uns anderen. Und deshalb wird sie von uns verehrt. Sie ist die Kußtafel, das Oscularium für uns Bewußtseinsgläubige, und niemand geht am Morgen an ihr vorüber, ohne daß seine Lippen ihre Stirn oder ihre schönen Hände berührten. Sie ist die kostbare Hüterin, die bewirkt, daß der nötige Rest an kreatürlichem Leben in uns erhalten – und vor allem: daß ein Rest Leben uns selbst stets geheim bleibt. Deshalb darf sie niemals fortgehen, niemanden lieben und uns nicht verstehen.«

»Ja, nicht einmal hören!« warf ich ein wenig entrüstet ein. »Habt ihr eurer Schwester etwa gewaltsam das Gehör geraubt?«

Aber Albrecht ließ sich von mir nicht aus der Ruhe bringen. »Sie ist taub seit einer Masernerkrankung vor zwölf Jahren. Manches aus unseren Unterhaltungen wird ihr in die Taubstummensprache übersetzt. Vor allem, wenn wir sie mit irgend etwas erheitern können.«

Romero, auf unser abgetrenntes Gespräch aufmerksam geworden, kam zu uns, um es mit eigenen Belobigungen Ilonas zu ergänzen. Er gefiel sich darin, Einzelheiten ihrer Schönheit hervorzuheben, als wäre sie ein Kunstwerk auf der Leinwand.

»Achtet einmal auf die feine Biegung ihrer Augenbrauen. Gleichen sie nicht den ausgespannten Flügeln eines schwebenden Adlers?«

Eigentlich war es nicht in der Ordnung der Familie, sich in separaten Dialogen gegen die anderen abzuschirmen. Oft genug wurde zwar Zwiesprache gehalten, doch war sie immer für alle anderen zugänglich. Und meist streifte jemand vorbei und beteiligte sich daran, nahm Partei für einen der Dialogpartner oder abwechselnd für beide. Dabei war es üblich und gehörte zur familiären Konvention, sich gegenseitig nicht spontan oder gezielt ins Auge zu schauen. Dies hielt man für schädlich. Einmal aus Gründen der Scheu, aber auch der unerwünschten Beeinflussung wegen, die der getauschte Blick sowohl beim Redenden wie beim Zuhörenden auf die Art der Mitteilung ausübt. Wo er nicht ganz zu vermeiden war, dort sollte er doch möglichst unterbrochen und abgelenkt werden.

Romero hatte sich nicht nur neben mich gestellt, um den Regelverstoß, den ich mir mit Albrecht geleistet hatte, ohne weiteres auszugleichen, sondern auch, um sich mir als Seelenführer in meiner neuen Umgebung zu empfehlen:

»Eben noch bist du, Florian Lackner, frisch verliebt mit Nadja die dunkle, halb verfallene Bohlen-Treppe zu unserem Saal hinaufgestiegen, zweifellos in der Erwartung, an verborgenem Ort mit der neuen Freundin allein zu sein und dich ungestört mit ihr zu vergnügen.

Doch kaum öffnest du die Tür, schon stehst du mitten in einer fremden Gemeinschaft.

Fühlst dich hin und her gezogen, verlierst die Geliebte schon halb aus den Fängen, denn sie zieht es sofort wieder in unsere Unterhaltung und sie bewegt sich wie vorher nach den kleinen Riten und Reizen, die uns ebenso verpflichten wie erfreuen und die doch dem Neuankömmling völlig undurchschaubar bleiben müssen.

Zwar merkst du bald: Es handelt sich um eine fortwährende Unterhaltung, die anscheinend dieser Abgeschiedenen einzige Beschäftigung, ja ihr ehrgeiziges Lebenskunstwerk ist. Das grenzt und stößt dich ab zunächst. Doch mußt du wissen: Hier wird dir Nadja immer anwesend sein, sie wird dir niemals ausweichen, selbst wenn sie dir wechselnd nah und fern erscheint und dir in der Unbeständigkeit unserer Unterhaltung sogar zeitweilig ganz verloren geht.«

Bemüht, mich seiner Redeweise anzupassen, erklärte ich, daß meine Neugierde, die ganze Familie kennenzulernen, gegenwärtig größer sei als der *Eigensinn* meiner Begierde.

Was für ein mißglückter Satz! Wie gewunden und verlogen er klang, und welch leichtfertigen Verrat an Nadja beging ich mit diesen Worten! Meine ehrlichsten Gefühle hatte ich einer schäbigen Formulierung geopfert. Und dazu noch: welch ein serviler Versuch, es Romero recht zu machen mit meiner Antwort! Die bemühte Wendung sollte ihm anzeigen: sieh, unter deinem Einfluß spreche ich so. Der ganze Satz eine einzige Unterwerfungsgeste …!

Natürlich hatte Romero mein Straucheln in allen seinen Facetten bemerkt und für sich bewertet. Doch klaubte er aus dem obskuren Satz nur ein einzelnes Wort, ein stumpfes Steinchen, und schliff es mit einem scharfen Gedanken zu einer kleinen Sentenz:

»Was ist schon das *Ich* des Eigensinns, verglichen mit dem *Mir* der Widerfahrnis?

Wir alle hier sind ausgeprägte Dativ-Menschen und leben nach dem Motto: Ich bin, was mir widerfährt.«

Und dazu hob er die rechte Hand, umgestülpt mit gespreizten Fingern, über seinen Kopf, so daß sie halb Krake, halb Krone vorstellte.

»Das Mir der Widerfahrnis ist nicht so sehr das äußere Schicksal, dem ich ausgeliefert bin, sondern vielmehr *das* hier: mein Ober-Haupt. Das souveräne Gestrüpp der unendlichen Verzweigungen, in dem es fortwährend knistert und funkt. Ein Dickicht, aus dem plötzlich ein Tier aus Feuer hervorsprengt und mich denken läßt, ich dächte.«

Nadja streifte im selben Moment an uns vorbei und ergänzte laut:

»Nimm ruhig mich zum Beispiel. Ich bin eine Frau, die Sekunde für Sekunde nicht weiß, wie ihr geschieht. Auch ich bin eine Dativ-Person. In unseren menschlichsten Anwandlungen sind wir wie die Pflanze lichtwendig – alles in uns öffnet sich zur Sonne, welche das uns zugewandte Gesicht des anderen ist. Diese Zugewandtheit muß so rein wiederhergestellt werden, wie sie der Säugling im ersten Lebensjahr erfuhr. Und sei es mit Hilfe von Drogen oder Arzneien, künstlicher *allogener*, den Anderen hervorzaubernder Mittel. Damit er, so verschleiert und verschliert wir ihn gewöhnlich auch erleben, von schlechter Rede und billigen Gebärden verdorben, endlich wieder zu seiner ursprünglich heilsamen Erscheinung erweckt wird.«

Und Romero übernahm im gleichen Atemzug, als sprächen sie aus vereintem Bewußtsein:

»Deshalb wünschte ich mir, das große Programm des Schonens würde von der Umwelt auf den Menschenverkehr zurückübertragen. Der genetische Reparaturbetrieb, der verkümmerte oder kranke Organe erneuert, sollte seine Entsprechung im Sittlichen finden. Da wir bald alles künstlich wiederherstellen, weshalb sollte man nicht aus wachstumsstarken *Nanomoralia*, psychosozialem Gewebe, dem Menschen wieder eine zweite Natur aufbauen?«

Dazu lächelte er ein wenig verschlagen, und ich befürchtete, er werde gleich in seine Rolle als Spötter und Lästerer zurückfinden.

»Würdest du nicht sagen: unsere Nadja ist eine Frau von höchstem Bewußtsein?

Scheint sie dir nicht wie erschaffen aus fruchtbarer Reflexion? Aus Reflexion geboren wie Aphrodite aus dem Schaum – und zwar in ebenso klarer Schönheit?

Denn der Geist behindert durchaus ihre Anmut nicht, beschädigt nicht ihr Gleichgewicht.

Er verstärkt vielmehr jeden ihrer weiblichen Schritte, ihrer freien Blicke, er steigert ihre sinnliche Anziehung. Deshalb ist es mir unbegreiflich, weshalb nicht Männer wie Frauen ständig ihr Bewußtsein ebenso trainieren wie ihre Muskeln und Gelenke. Jedermann sollte es mindestens einmal am Tag ausreiten wie ein nerviges Pferd!«

Nadja, auf der Rückkehr von einer kurzen Berührung ihrer tauben Schwester, hielt wiederum bei uns an, um unsere Blicke (nun waren es auf einmal Romeros und meine!) voneinander abzulenken. Sie hatte Romeros letzte Worte nicht mitbekommen und wählte von sich aus fast die gleichen. Sie sagte, daß die meisten Topfit-Kreaturen sich geradezu krankhaft mit ihrem körperlichen Wohlergehen beschäftigten, während sie ihren Geist so gut wie nie an die frische Luft führten. Und wenn überhaupt, dann stets auf denselben ausgetretenen Pfaden und langweiligen Alt-Herren-Parcours.

»Wenn du wüßtest, wie recht du hast!« rief Romero ihr hinterher, als sie sich schnell wieder entfernte.

»Da ich von euch allen am häufigsten unter die Leute gehe, weiß ich wohl am besten, wovor wir uns bewahren. Ich befinde mich *draußen* erst recht in geschlossener Gesellschaft. Bei Hof wie Saint-Simon, zwar ohne Formen und Galanterien, dafür aber mit ebensoviel Bosheit und doppelt so vielen Privilegien. In einer Gesellschaft von durchtrainierten Angebern, Blendern, Vorteilsrittern, Gesinnungsgewinnlern, Gemeinplatzbewachern. Von den Ideen ist ihnen nur das untere Urteilen geblieben. Dies nicht mögen, jenes schnell noch in den Himmel heben. Ja, er kann kaum an sich halten damit, der Überalldabei! Noch sein Dissens – und der ist nun sein ganzer Stolz! – besteht durch und durch aus mehrheitsfähigem Geschmack. So bahnt sich der Zwergimperator den Weg durch die Vielfalt der Verköstigungen und Ereignisse, der Daumen geht hoch und runter, hoch und runter wie ein verrückt gewordener Penis. In der Demokratie ist das Urteilen das höchste Privileg des ohnmächtigen Souveräns. Außerdem: wer unentwegt urteilt, von dem wird ja keine bohrende Nachfrage zu befürchten sein.

Der tiefsinnige Rudolf Kassner meinte einmal, in der Epoche nach Bismarck sei nichts zur Reife gediehen, seien sicherlich auch große Gelehrte oder Sieger in vielen Schlachten am Schlusse unreife Menschen geblieben. Nicht viel anders erging es den Zeitgenossen in der Epoche nach Hitler. Auch sie hat aus geschichtlicher Bedingung nur unreife Menschen zugelassen und eine ebensolche Kunst. Nur daß sie sich daraus eine Ehre machten, ihre Ideologie bezogen, ihr Selbstbewußtsein: Jugendliche lösten Jugendliche ab. Aus der Banalität des Bösen ging das Böse der Banalität hervor. Und nichts gab es mehr, das neue Vergangenheit bildete. Nichts, was *einst* sein konnte, gewesen, sondern alles unablässig heut. Keine neuen Menschen sind unsere Kinder, sondern Kinder wie wir. Asthmatiker, Popfans, Kiffer und Stellungslose wie wir. Vielleicht, daß sie uns eines Tages mit Petroleum übergießen, in Flammen setzen, unsere brandschatzenden Kinder, aufgehetzt von einer Bande fanatischer Greisenhasser. Klotho spinnt den Lebensfaden, Lachesis erhält ihn durch Wenden und

Zufälle, die Dritte schneidet ihn ab. Doch Atropos, die Unabwendbare, läßt sich Zeit. Und Lachesis, die Aufschubgewährende, hat Hochkonjunktur heute. Vermutlich hat sie Aphrodite Ambologera, die das Alter hinausschiebende, zur Assistentin.

Ja, seht die Greise, wie sie tanzen, wie sie springen! Die Männer immer auf derselben Stelle, wie beim Seilhüpfen. Die Frauen aber haben ihre Hürden geschultert und stellen sie gestaffelt auf Parkwegen und Uferpromenaden auf. Überall siehst du sie rennen, schnell wie Atalante, mit gestrecktem Oberkörper und hochgerissenem Knie nehmen sie jede Hürde.

Kaum jemanden treffe ich also, der nicht wäre wie ein zerbrochnes Glas, das ein hundertfach kleineres Bild des Ganzen wiedergibt, um mich einer Metapher John Donnes zu bedienen. Es genügt ja im Mund von irgendwem eine einzige Feststellung oder Meinung, und diese winzige Bemerkung verwahrt das ideelle Ganze dessen, was man derzeit denken oder sagen kann. Und nicht anders denken und sagen kann! Selbst der Intelligente ist nur das Medium einer allgemeinen und aufs Allgemeine beschränkten Intelligenz.

Gewiß mag auch hieraus letztlich ein Orakel sprechen, das schwer zu deuten ist: denn was steht da im Streu des gemeinsam Gemeinten als geheime Botschaft geschrieben?

Es gibt mithin genauso wie bei Hof eine attraktive Zentralgewalt, der sie dienen, die sie immerzu umkreisen. Doch ist das kein gesalbter Leib, wenngleich nicht weniger machtvoll als ein König. Zentralgewalt besitzt nun die allesdurchdringende Öffentlichkeit, in der Licht und Schatten, Erhöhung und Erniedrigung ebenso nach Laune verteilt werden wie in jeder klassischen Monarchie.

Erschwerend für die Orientierung kommt hinzu, daß ich immer schlechter den leibhaftigen Menschen von seinem Schatten unterscheiden kann. Computeranimiert erscheinen sie mir beide, Realperson wie Schablone – doch wer gleicht sich wem an? Wer kommt aus wessen Werkstatt? Gerade erst entworfene Geschöpfe, Atavare, keuchen neben mir im Sportstudio oder servieren mir im Café das Frühstück. Kein Unterschied im Sprechen, Gehen, Meinen: lauter Animierte ohne anima.

Kurz, ein Draußentag genügt, und alles Miteinander-Füreinander, das du in dir trägst, verfinstert sich. Endlich heimgekehrt, wirst du den Verdacht nicht los: Die Menschen sind nur noch als Menschheit interessant.«

»Mitten im Gewühl den Kopf überm Gewühl!« rief Elena aus dem Hintergrund dazwischen.

Als die anderen sich zweifelnd nach ihr umsahen, wie sie den Ausruf verstehen sollten, kam es ausführlicher aus dem Halbdunkel:

»Wärst du ein Künstler, Romero, so könntest du dich jedenfalls nicht so überheblich davonstehlen und dem Miteinander-Füreinander schnöde ade sagen. Einen Künstler nämlich, dem gar nichts gefällt draußen, nichts von dem, was er vor sich sieht, und der alle am liebsten übersehen möchte, denen er begegnet, den kann es gar nicht geben. Im Gegenteil, er wird immer die schönen Stellen, die glücklichen Zufälle, die Formationen und Figuren, die unter den Menschen überraschend auftauchen, sie wird er herausspüren und beispielhaft darstellen. Diese künstlerischen Eindrücke, die er isolieren konnte, wird er zurück ins formlose Leben streuen, und darin vermehren sie sich vielleicht wie Viren des Schönen, Viren des menschlich Gelingenden. Warum sollte sich immer nur der Schnupfen, warum nicht auch einmal das Ansehnliche auf dem Weg der Ansteckung ausbreiten?«

»Indem ich aber nun kein Künstler bin«, entgegnete Romero freundlich, »kann ich dir zur Antwort geben: Die Farbe Mensch ist lichtlos geworden. Niemand kennt mehr das Geheimnis ihrer feineren Valeurs. Das Inkarnat – das Humanat, das man jetzt aufträgt, hat mit dem Farblicht der alten Meister nichts mehr gemein.

Daher suche ich unbeirrt nach jenen feineren Valeurs mit anderen Mitteln als denen des Künstlers.

Wenn ich mir einmal jenen berühmten Brief des Lord Chandos ins Gedächtnis rufe, in dem der Dichter Hofmannsthal zu Beginn des vergangenen Jahrhunderts die Krise eines Bewußtseins schildert, dem alles in Teile zerfällt und die Teile wiederum in Teile, so läßt sich heute sagen: dies Dilemma hielt nicht lange. Es wurde bald überwunden. Schon in der ersten Hälfte des Zwanzigsten Jahrhunderts war man daran gewöhnt, die Teile der Materie immer weiter zu unterteilen und sie ins Unsichtbare zu verfolgen. Und mögen sie heute nur noch virtuell oder bloß noch gedacht sein, wir werden sie immer in neue Ordnungen stecken und neuen Theorien einbinden. Ebenso wenig wäre ein Begriff wie »Zerfall« auf unsere Erfahrungswirklichkeit anwendbar. Da unsere Denkgewohnheiten (und -beschränkungen!) heute stärker als zu Hofmannsthals Zeit von naturwissenschaftlichen Einsichten, etwa der Teilchen-Physik oder Thermodynamik, beeinflußt werden, hat nun auch der einfache Zeitgenosse gelernt, daß dergleichen Zerfallsprozesse sich stets auf eine kritische Grenze beziehen, von der aus neue Strukturen entstehen. Das veränderte – oder wenn ihr so wollt: unser eigenes Lord Chandos-Dilemma beginnt nun damit, daß unsere Sprache so wenig wie unsere Augen das ermeßbar Winzige und Theoretische dieser Wirklichkeit fassen können. Nichts davon läßt sich noch mit einer bildlichen Vorstellung verbinden. Die deutende Sprache kann unmöglich mit den Informationen aus dem Bereich winziger Teilchen mithalten. Wie könnte man ein unsichtbares Gebilde von dreißig Nanometern – das sind 30 Millionstel Millimeter – noch »zierlich« nennen? Keine Metapher läßt sich finden für eine solche meßbare Gegebenheit. Ja, diese Wirklichkeit ist ein gegen unsere symbolische Sprache fest verschlossenes Reich der *Daten*: nämlich der Gegebenheiten. Nämlich der Informationen.«

Albrecht mahnte, sich nicht einseitig von den Natur-
wissenschaften zu einem unnötigen Dilemma verlei-
ten zu lassen:

»Noch einmal zurück zu den ausgetretenen Pfaden, zu den zeitbedingten Mustern des Meinens und
Denkens. Liegt es an der Überempfindlichkeit unserer Isolation, an dieser durchlässigen Zelle, die wir
bilden und die für gewisse Schwingungen unter den
Draußenmenschen besonders empfänglich ist, oder
gibt es tatsächlich und allgemeingültig: ein ermüde-
tes, abgelenktes oder zutiefst stagnierendes Bewußtsein? Romero hat es bereits angedeutet, und mir geht
es ähnlich. Die täglichen Äußerungen zu Schicksals-
fragen der Menschheit werden immer dringender
und umfassender, gleichzeitig merkt man selbst den
gewissenhafteren unter ihnen an, daß sie, montiert
und abgeleitet, sich aus lauter altgedienten Konzep-
ten und Überzeugungen zusammensetzen.

Sprechen nicht oft aus brandneuen Einsichten
allzu bekannte Gesinnungsderivate zu uns? Mögen
auch, um die aktuellste Krisenschwelgerei, den Kli-
mawandel, voranzustellen, die Daten noch so zu-
verlässig sein, die Schlüsse, die man aus ihnen zieht,
sobald sie zu den sogenannten Szenarien führen,
scheinen uns partout den verlorenen Glauben an die
Letzten Tage ersetzen zu wollen. So wie sich ja auch
das Sündengewissen des Menschen ökologisch neu
motiviert und zugleich nach alter Sitte erleichtert,
indem man einen Ablaßhandel mit den Verursa-
chern der Schädigungen unterhält. Auch hier speist
sich »neues Bewußtsein« aus ältester Überlieferung.

Da die Wissenschaft nicht denkt, und das tut sie heute sicher weit weniger als zu Heideggers und Heisenbergs Zeiten, suchen sich die gerade aktuellen Disziplinen soviel Gehör und Fördermittel wie nur möglich zu verschaffen, indem sie das politisch Verwertbare an ihren Schlüssen, noch bevor sie tatsächlich gezogen werden dürfen, rasch unter die Leute bringen.

Der Ketzer dieser Glaubensrichtung müßte wohl als erstes fragen: Warum sollten wir denn einem anthropozentrischen Selbsthaß huldigen? Die Atmosphäre bleibt zuletzt doch souverän und behält sich noch ganz andere Launen mit uns vor. Selbst wenn wir zu ihrem Schutz nach gegenwärtiger Einsicht nur Richtiges und Gutes täten, die Wissenschaft von morgen findet sicherlich heraus, daß gerade dies ein Fehler war. So bleibt's am Ende wohl dabei: Die Stärke des Menschen ist es nicht, Katastrophen zu verhüten, sondern mit ihnen fertig zu werden.«

»Das *neue Bewußtsein*«, ergänzte Romero, »aus dem die Ökologie zum gesamten Menschengeschlecht predigt, scheint in der Tat von negativer Hybris angekränkelt. Dabei ruft es zu einem Umdenken ohne Denken auf, wie das seit längerm schon verbrauchte Mode ist in beinah jedem sozialen Bereich, ob es sich nun um die Geburtenrate, den Arbeitsplatz oder die Altersfürsorge handelt. Bescheidener gefaßt: es tritt als eine ernste Anmahnung von Benimmkorrekturen auf den Plan, als ein Katalog von Umgangsformen mit der Natur, die nicht mehr diskutierbar sind und zum Schluß einfach verordnet werden. Mit dem Bewußtsein, nach dem wir fragen, das aus Bewußtseinsgeschichte emporkommt, hat es freilich nichts zu tun.«

Darauf wieder Albrecht: »Hier eine scheinbar impulsive Regung, dort ein durchdachtes kritisches Urteil – und doch bei genauerer Betrachtung entpuppen beide sich als ein Abkömmling, ein Bruchstück oder sogar nur ein Spurenelement aus dem Sinkgut großer Entwürfe. Vielleicht wäre es reizvoll, das Flaubertsche Wörterbuch der Gemeinplätze um ein Wörterbuch der Gesinnungsderivate zu ergänzen. Einen Index zu erstellen von lauter verdeckten, gesunkenen Bestandteilen der früheren Ideologien, die verblaßten oder zerschlagen wurden. Zu studieren wäre dabei die Antriebs- wie die Hemmkraft solcher Derivate im Falle unbekannter Situationen und Widerfahrnisse, weil man ja zur Orientierung stets auf diese Depots abgeleiteter Überzeugungen angewiesen bleibt.«

»Ja«, hakte hier Nadja ein, »Ideen, die geschichtlich verloren haben, bleiben als Rückstand noch lange aktiv. Derselbe Stoff, abgesunken, geht wieder neue Reaktionen ein und setzt neue Energien frei. Im Ideellen ist nichts für immer vorbei.«

Mir fiel auf, daß sie bis jetzt ihre Worte nie an ihren Bruder gerichtet hatte. Tatsächlich konnte ich mir über die innere Zuordnung der beiden älteren Geschwister keine rechte Vorstellung machen. Ich beobachtete aber, daß die Übereinstimmung, die sie in ihren Gedanken fanden, beide ein wenig erzittern ließ, sie erregte, doch offenbar wohltuend und nicht aus Nervosität.

Albrecht fuhr fort: »Auch eine Gesellschaft, die mit Vorliebe eine transparente, aufgeklärte sein möchte, verdunkelt im Übermaß der Selbstreflexion. Sie wird wie jede andere ein Opfer ihrer Rückstände an unveränderlichen Überzeugungen, an kanonisiertem Glauben an sich selbst. Auch an Gewohnheiten in Gestalt von Verwöhnungen. Residuen entseelter oder gescheiterter Ideen bilden die Handlungsmaximen innerhalb einer akuten Krise, die Maximen unserer Fürsorge und die Triebfeder des sozialen Handelns.«

»Viel Abgelebtes bleibt hängen in der Zeit wie schlechte Gerüche in dicker Luft«, schmiegte sich Nadja an, und sicher wäre sie gern noch länger mit ihrem Bruder einig gewesen, wäre Romero nicht ein wenig ungeduldig geworden und den beiden in die Quere gekommen.

»O göttliches Zwanzigstes Jahrhundert!« rief er aus und schaute dabei bitter verzückt zur Decke empor. »Wie wenig gutes Bewußtsein hast du uns bedürftigen Nachkommen – Gedankensportlern! – übriggelassen! Wie liebe und verehre ich euch, ihr Perlenfischer der Moderne, die ihr eure gründlichen

Symbole selbst aus den unheilvollsten Fluten, dem Maelstrom der Epoche zu bergen wußtet. Die zerfallenden Wort-Pilze des Lord Chandos, die gelbe Mauerecke auf der Ansicht von Delft, die Vermeer gar nicht malte und die doch für Prousts Bergotte zur höchsten Chiffre der Kunst wird. Die nackte Wurzel im Park, die Sartres Roquentin erschüttert. Die Hirnhoden des Valéryschen Monsieur Teste/Testikel und Krapps letztes Band ... Himmel! Wo bleibt dagegen unsere unverwechselbare Epiphanie?!«

»Diese Perlen oder Kristallblüten«, meldete sich Elena aus dem Halbdunkel, indem sie Ilonas Hand still hielt, um sie für einen Augenblick am SMS-Tippen zu hindern, »diese großen Symbole der Epoche werden wohl immer von jenen erfunden oder gefunden, die, ohne es selbst zu wissen, den höchsten und höchst gebündelten Geist ihrer Gegenwart verkörpern und nicht zuvörderst einen alles auswickelnden Verstand besitzen.«

»Allein solch starken Bündlern öffnen sie sich«, stimmte ihr Albrecht zu. »Diese einprägsamen, durchschlagenden Sinn-Bilder sind außerdem stets Hervorbringungen einer Krise – der Krise eines reichen, oft übermüdeten Bewußtseins. Und als solche traten sie häufig im Zeitalter der Revolutionen in Erscheinung. Es ist tatsächlich erstaunlich, wie profund die Literatur der Krise ist, der geistigen, die zusammenging mit der historischen, in der ersten Hälfte des vergangenen Jahrhunderts. Und vielleicht ist uns Heutigen gerade deshalb keine Bewußtseinskrise mehr bestimmbar, obgleich von zahllosen Krisen tagtäglich die Rede ist. Es ist beinahe, als ob eine Krankheit in der ärztlichen Literatur einmal so minutiös beschrieben worden wäre, daß allein die Beschreibung bannende und austreibende Wirkung auf ihre Erreger ausübt und sie daher nie wieder auftaucht. Die Bewußtseinskrise.«

»Und deshalb soll es sie nun für uns nicht mehr geben? Oder falls es sie tatsächlich gibt, in ihrer Bedeutung nicht mehr faßbar, erspürbar sein?« fragte Nadja und richtete die Frage an Romero, obschon sie von Elenas und Albrechts Worten angeregt worden war.

Und gleich fuhr sie fort:

»Vergessen wir nicht die großen Gestimmtheiten des Zwanzigsten Jahrhunderts. Sie sind es doch, in die wir uns zuweilen prüfend zurückversetzen, wenn wir in den Büchern der Moderne lesen. Denn es beherrscht uns eine unstillbare Sehnsucht nach der frühen Moderne. Zu ihnen zählen unter anderem: die Angst, der Ekel, der Wahn, die Langweile, das Absurde. Sie bildeten die intuitive Voraussetzung für die Krisenfähigkeit des damaligen Bewußtseins. Welche wäre denn für uns heute die beherrschende kollektive Gestimmtheit, Romero?«

»Die Imbezillität«, antwortete der Lästerer unumwunden und schien nur auf die Verblüffung seiner Zuhörer zu zielen.

»Am Ende der modernen Bewußtseinsgeschichte,

die vielleicht mit Cézannes Ausruf: *Nichts entgeht mir!*
begann, steht nur noch die Ruine des Informierten,
der nichts mehr bedenkt und schließlich auch nichts
mehr mitbekommt, Infodemenz.

Der Wahn war das Risiko des einzelnen. Die Imbezillität gleicht dem Gewässer, das durch schädlichen
Zufluß von einem Tag zum andern umkippt, leblos
wird. Die Imbezillität gehört – abrupt, mit einem
Schlag – allen. Sie läßt dem einzelnen keine Chance
mehr. Sicherlich, dieser neue Schwache Sinn entsteht
unabhängig von persönlicher Disposition und Erziehung. Ihm geht voraus, daß die Begabung der zwi-
schenmenschlichen Aufmerksamkeit auf der Skala
heute erwünschter und geforderter Tugenden keine
Rolle mehr spielt. Sie gleicht einem sich zurückbil-
denden Organ. Denn solche Begabung wird für das
Andocken des Menschen bei einer höherentwickel-
ten Menschenähnlichkeit (auf Grund der neuen,
dem Nervensystem nachgebildeten Technologien)
nicht mehr nötig sein.

Ich erinnere im übrigen an eine Voraussage, die ein
kluger Mann, Elémire Zolla, bereits vor fünfzig Jahren in die folgenden Worte faßte: ›Nach dem Heiligen
entschwindet auch dessen Sprößling, das Ästheti-
sche; die aufrührerischen Titanen werden in diesem
Jahrhundert mit der grausamsten Züchtigung be-
straft, nämlich senilem Schwachsinn.‹

Den Namen homo sapiens hat sich der homo sapiens selbst gegeben. Nach uns wird vermutlich alles
umbenannt.«

»Aber erinnere dich nur«, so suchte Elena, die jetzt hervortrat und ihre Zwillingsschwester im Halbdunkel zurückließ, an Romero heranzukommen und Nadja von ihm abzuschneiden, »erinnere dich, wie die gute Gesellschaft der Vernunft einst den Wahnsinnigen verpönte und wegsperrte. Dabei sind es doch einige Heroen des Wahns gewesen, die die Fakkel des abendländischen Denkens um etliche Erkenntnismeilen weiter trugen als die bloß Guten und Vernünftigen. Wenn nun die gute Gesellschaft von heute, und das ist ja wohl unser neuer Wissensadel, ihrerseits die Masse der Schwachsinnigen, von der du sprichst, verpönt und aussperrt, warum sollten sich nicht ebenfalls wieder vereinzelte Überwinder herausbilden, die etwas zunächst Abwegiges verfolgen, das dann aber eines Tages als etwas Neues und Wegbahnendes angesehen und akzeptiert wird? Evolution ist alles!«

»Man muß sich allerdings an den Gedanken gewöhnen«, setzte Nadja rasch hinzu, »daß nicht für alle Zeiten der Typ des Außenseiters, des großen Einzelnen den Kulturheros stellen wird. Die Intelligenz der Zukunft wird wohl dem Schwarm gehören, der sich instinktsicher und flexibel bewegt, der die günstigen Strömungen und Wellen nutzt wie die Stare oder die zauberhaften Südseefische. Aber auch er, der Schwarm, könnte ja zum *Strahlenbündler* taugen und gemeinsam eine große Chiffre, ein Sinn-Bild hervorbringen.«

Um sich Bewegung zu verschaffen, wie er es nur mit Kopf und Armen konnte, wiederholte Albrecht gern ein Wort oder einen Begriff, die ihn beschäftigten, als Gebärde, manchmal sogar als kleine pantomimische Handlung. Diesmal war es Elenas und Nadjas Wort vom »Bündler«, den er als Figur vorstellte, den Garbenbündler nämlich, der das Getreide zu Garben faßt und aufmandelt. Der Zusammenfasser eben. Gleichzeitig zeigte er traurig an, daß dieser Bündler leider einer längst vergangenen Felderwirtschaft angehört.

Und Nadja fuhr fort, indem sie Romeros Provokation ernst nahm und ihn eindringlich fragte: »Ist es also Schwachsinn oder ist es vielmehr ein neuer Sinn? Es ließen sich genügend Beispiele anführen, die von einer Zunahme und Vergrößerung auch des individuellen Bewußtseins zeugen. Ein zuvor nie gekanntes Sammeln, Mischen und Harmonisieren – Synchronisieren! – zeichnet es aus. Da gibt es Verfasser im mittleren Alter, sie schreiben Romane von mehr als dreitausend Seiten, phantastische Romane, in deren erweitertem Gedächtnis sich unzählige Figuren der abendländischen Literatur herumtreiben und neu erfundene Konstellationen eingehen. Auch auf anderen Gebieten finden sich Beispiele dafür, daß uns die technischen Gegebenheiten nicht bis zur Schwächung unserer Anlagen entlasten, sondern im Gegenteil zu einer positiven Assimilation führen. Die enormen digitalen Speicher wirken um- und ausbauend auf unser persönliches, spärliches Bewußtsein. Es ist vielleicht eher mit der Entstehung eines Hyper-Bewußtseins – oder gar einer Bewußtseins-hybride – zu rechnen als mit einer Pandemie des Schwachsinns.«

»Einer mag so viel schreiben, wie er will«, brummte Romero«, wenn er *das Symbol* nicht erwischt, hat er so gut wie nichts geschrieben.«

Darauf bestätigte er zunächst ihre Ansicht, ohne sich widerlegt oder geschlagen zu geben: »Gewiß, die Archive vergrößern sich und werden kolossal. Das Aufbewahren ersetzt das Bewahren. Auf diesem Wege hat man mit Assimilationsvorgängen zu rechnen. Einerseits könnte das persönliche Erinnern durch Entlastung geschwächt werden, andererseits werden aber auch die gewaltigen technischen Gedächtnisse Einfluß nehmen auf das menschliche Bewußtsein, das unablässig mit ihnen in Berührung kommt.

Entweder werden wir eines Tages jenen Riesen vom Berge gleichen, die Pirandello in seinem letzten Drama vorhersah, technothyme Giganten, Halbseelen, maßlose Gedächtnis-Kolosse, die das alte Erinnern niederwalzen, indem sie es mit subjektloser Perfektion betreiben. Oder aber – wir werden die Niedergewalzten selber sein.«

Dazu fiel Nadja ein, daß mit ›techno-thym‹ vielleicht noch eine weitere Künstlichkeit verbunden sei:
»Unsere verwandelten Nachfolger könnten aber

auch sagen: Erinnern – was war das für ein müh-
seliges, unbeholfenes Geschäft! Es lohnt sich die gesamte Vergangenheit doch erst, seitdem Entrückun-
gen auf neurochemischen Wege möglich sind!«

»Wer spielt nicht gern mit Ahnungen?« kommentierte Albrecht, mit freundlicher Ironie, die Spekula-
tionen des ehemaligen Liebespaars.

»Wem bereitet es nicht Vergnügen, sich in Visio-
nen zu entspannen? Die Zukunft ist ja leer und so
geräumig. Da entwirft man neuerdings Programme,
wie sich der Schatz des menschlichen Bewußtseins
eines Tages, getrennt von seiner dann verseuchten
Leibeshülle, auf einen anderen Himmelskörper retten ließe. Wie ließe sich das Beste unserer Rasse vor
dem endgültigen Verderb des Planeten bewahren?
Indem man samt und sonders unser Innenleben in
künstliche Neuronenspeicher lädt und durch den
Äther ins Exil verschickt. Während der alte Adam in
seinem unrettbaren Körper auf der Abfallhalde des
Globus zurückbleibt und verrottet. Von der Endzeit
gelangt man so elegant hinüber zu einem Konzept
der Endlos-Zeit. Diese wird dann unserem zerebalen
Schatten gehören. Das Märchen vom Peter Schle-
mihl hat sich umgekehrt: Der Schatten hat seinen
Körper verkauft. Er war ihm zu schwer, zu energiever-
schwenderisch, zu plump, zu krank und zu eingebil-
det. Der Schatten – der Geist – ist es, der nun allein zu
Werke geht – lautlos, leicht und immerwährend. Das
Denken hat endlich seinen Fluchtweg gefunden. Es
wollte schon immer heraus aus dem Madensack. So

wird es sich zuletzt entäußern an die technischen Gedächtnisse. Entäußerung des Menschengeists, Kenosis im Downloadverfahren.«

Romero konnte den leichtsinnigen Fantasien wenig abgewinnen, er lächelte nicht einmal, sondern setzte mit etwas steifem Ernst seine weiteren Gedanken entgegen:

»Das Selbstbewußtsein des geschichtlichen Menschen hat seine höchsten Gipfel erreicht. Jetzt wandelt man auf dem Grat. Der Überblick über den zurückgelegten Weg war nie umfassender, erhabener und klarer als heute. Dies Bewußtsein der Heutigen erfreut sich einer ungleich freieren Verfassung als zu Zeiten, da es dem Bündler, wie ihr ihn nennt, oblag, die Ernte in ordentlichen Garben zusammenzufassen.

Uns indessen entspricht weit eher ein dahinirrendes, vagabundierendes Verstehen.

Diesem wird es naturgemäß schwerfallen, sich in einem einzigen, integrierten Symbol zu spiegeln.

Es gibt zwar seit einigen Jahrzehnten den beherrschenden Bildbegriff von Netz und Netzwerk, der inzwischen fast die ganze Lebenswelt umfaßt, gleich ob es sich um Kriminalität oder Sport, die Börse oder Botanik handelt. Jeder Bereich ist in sich und alle sind miteinander vernetzt. Man darf sogar sagen: nie zuvor gab es ein derart allzweckhaftes Instrument und Erkenntnismodul in einem. Denn man benutzt es ebenso alltäglich wie auch auf einer fortgesetzt erfinderischen Ebene. Ein Fertigteil des Erkennens,

ohne das keine Beschreibung unserer Erfahrungswirklichkeit mehr gelingen will. Ja, es scheint unmöglich, ohne vom Netz zu sprechen, irgend etwas
über die Tätigkeit, sei es unseres Hirns, sei es einer
Terrorgruppe, herauszufinden. Ein solch allgültiger
Schlüsselbegriff läuft gleichwohl Gefahr, am Ende
beides zu sein: ein Schlüssel und eine Verschlossen-
heit, nämlich ein Gefängnis des Geistes.

Ich würde sogar sagen: Eine Krise unseres Bewußtseins – von der nichts in Sicht ist – müßte eigentlich
ihren Ursprung eben in dieser Allgültigkeit eines Be-
griffs finden. Wären wir noch zur Verwirrung zu
bringen, so müßte uns der Schwindel ergreifen ange-
sichts jener – der Phantasie eines Paranoikers nicht
nachstehenden – Totalität des Zusammenhängen-
den: *Alles* miteinander vernetzt! Hier scheint jeder
Unterschied zwischen innen und außen, zwischen
Denken und Hirn, Militäroperation und dem Infor-
mationssystem der Ameisen, zwischen passiv und aktiv dahinzuschwinden. Das Netz ist dennoch keine
metaphorische Bezeichnung. Sondern vielmehr die
Variation eines Dings. Vom Fischernetz zum neuronalen oder elektronischen änderte es lediglich seine
materielle und strukturelle Beschaffenheit. Eine Metapher *für* das Netz aber ließe sich nur schwerlich
finden. Wir könnten die Spinne zum Wappentier unseres Gegenwartsbewußtseins erwählen. Und das,
worin wir nun leben, woran wir wirken, könnten wir
etwas hochtrabend eine *Arachnotopie* nennen, nach
dem griechischen Wort für die Netzhüterin. Immer

mehr Macht gehört den Spinnen. Wir sehen und überwachen alles wie sie und verwandeln uns in spinnenflinke Bewußtseinsgeschöpfe. Allzu leicht geht's mit der Allegorie – aber mit dem Symbol leider nicht. Die Bildgedanken zerbrechen wie die alten Gefäße. Sie können nicht fassen, was wir treiben und wo wir uns befinden. Wir selber wissen weder, an welchem Ort, in welchem besonderen Segment des unabsehbaren Gewebes wir gerade wirksam sind, noch wissen wir, ob wir mit unserem Tun oder Ruhn nützliche Teile des Gewebes etwa zerstören oder umgekehrt neue schaffen. Denn das Gebilde, das uns bildet, bewegt sich ohne ein endgültiges Ziel und ohne jede kausale Folgerichtigkeit. Ebensowenig wie wir darin unseren Ort begrenzen können, vermögen wir etwa die Position unserer Person, die Grenzen des Individuums zu bestimmen in diesem offenen Austausch von Erkenntnis und Widerfahrnis. Alles was wir wissen, auch das Wissen der Vergangenheit, ordnen wir jetzt mit Hilfe unseres neu erworbenen Organs, das noch keinen Namen trägt, unseres Netz-Gespürs jedenfalls. So kommt es, daß kein einziger mehr außerhalb eines Netzwerks denkt oder lebt. Es bleibt in ihm und um ihn herum nichts unverwoben. Obgleich ich ihm Metaphernqualität nicht zubilligen mag, ist es dennoch der ergiebigste Begriff für unsere gegenwärtige Selbsterfahrung. Ebenso sinnfällig und hintergründig wie zuvor das Labyrinth, die Wurzel, der Turm, die Marionette, die Insel, der Lebensfaden und andere Chiffren oder Tropen. Vergleiche, die – übrigens im Gegensatz zum Netzwerk – zwar Zentralität, aber doch niemals Ausschließlichkeit für sich beanspruchten. Wir indessen haben kein Bild mehr neben diesem. Kennen und erkennen nichts über die Verknüpfung hinaus. *Synapsein* wäre daher das umfassende Tätigkeits- und Erduldenswort, das sich uns anbietet. Wir leben unser Bewußtsein.«

Alle schienen mit Romeros Ausführungen einverstanden, es mißfiel nur der Aplomb des Kompletten und Abschließenden, mit dem er sie vorgetragen hatte. Eigentlich fühlte man sich auf der Suche nach dem sprechenden Bild eher zurückgeworfen. Deshalb wählte Albrecht noch einen anderen Zugang zur selben Sache.

»Kehren, Krisen, Konversionen, Erweckungen, Epiphanien, wegweisende Sinnbilder werden in der Regel vorbereitet in der tieferen Empfänglichkeit eines Kollektivs. Sie verdanken sich einer gemeinschaftlichen Intuition, wenn es dann auch ein herausgehobener Einzelner ist, der den prägenden Ausdruck findet. Was aber ist heute vom berühmten Einzelnen übriggeblieben? Er besitzt offenkundig keine Kierkegaardsche Kapazität mehr. Er scheint im Kern zu geschwächt, um solche Signale – aus dem Untergrund aller – überhaupt noch zu empfangen. Geschweige denn sie jenen, nämlich allen, in Form tiefgründiger Symbole oder Leitmotive zurückzugeben und verbindlich zu machen. Zudem wirkt die Geschichte des sozialen Behagens und der Komfortentwicklung dahingehend, daß Ereignisse eben keine Geschichte mehr machen. Obgleich gerade die jüngste Zeit nicht arm an einschneidenden, ja umstürzenden Ereignissen war, haben sie weder die Erlebnisfähigkeit des Subjekts noch die des Kollektivs verbessert oder erhöht. Entsprechend ist auch der Sinn für Bevorstehendes nahezu abgetötet. Man kann sich keinen größeren Gemütsunterschied vorstellen als zwischen dem unseren und dem der Deutschen vor hundert Jahren. Als sich in Erwartung des Ersten Weltkriegs das allgemeine Epochenempfinden schärfte und die geistigen Umbrüche dem Ereignis vorangingen wie die Aura dem epileptischen Anfall.

Ereignisse, die sich irgendwann als historisch erweisen, werden stattfinden wie eh und je, die traurigen häufiger als die freudigen. Nur werden sie kaum je wieder nach einer vom Subjekt und von subjektiver Unmittelbarkeit geprägten Weise verarbeitet werden und für alle bedeutsam gemacht. An die Stelle des historischen Sensoriums ist weitgehend die mediale Öffentlichkeit getreten. Diese wiederum bedient sich signalverstärkender, aber zugleich auch moderierender Empfangs- und Wiedergabestationen. Jener im Wortsinn mittelnden und mäßigenden Instanzen, die jedes Ereignis der Seele schnell gleich-gültig machen, es entschärfen und dem Gehabten eingliedern.

Unabhängig davon bleiben dennoch manche Ereignisse groß, auch wenn wir nicht mehr die Witterung und die Kraft besitzen, sie in ihrer ganzen Tragweite zu erfassen. Ich vermute daher, daß Empfänglichkeit die kritischste Zone unseres Aufenthalts geworden ist.«

»Du meinst also« – und Nadja schob sich zwischen mich und ihren Bruder, der eigentlich von Romero eine Ergänzung erwartete – »infolge der beständigen Komfortentwicklung, der unablässigen Zufuhr von Neuerungen wirke nach dem Prinzip der Homöopathie das eigentliche und tiefgreifend Neue, das uns begegnet, gar nicht oder nur noch in abgeschwächter Form auf uns?

Dem widerspricht allerdings das fortschreitend neu Entstehende, das du heute nirgends besser verfolgen kannst als bei den sozialen Entwicklungen im weltweiten Netz. Auch wenn wir uns aus guten Gründen daran nicht beteiligen, wissen wir genügend Bescheid und kennen es ebenso gut wie der bedrängte Heerführer seinen überlegenen Gegner. Zu dessen Überlegenheit zählt in unserem Fall – ich wiederhole den Begriff – die soziale oder die Schwarm-Intelligenz. Dabei handelt es sich allem Anschein nach um ein evolutionäres Produkt, das innerhalb der Informationskultur einen geistigen Überlebensvorteil gegenüber dem entfalteten Bewußtsein eines einzelnen Menschen besitzt.

Unbestritten organisiert das Spiel der Schwärme aus sich selbst heraus neue soziale Gebilde, die unsere schwer beweglichen Gesellschaften vielleicht erst in hundert Jahren hervorbringen würden. Dies Reich der Leute, die Folks-Stätten, die Plattformen, Communities und Blogosphären kennen weder Grenzen noch Regierungsformen. Alles *kratein* im hergebrachten Sinn findet hier nicht statt. Es handelt sich weder um eine Form von Basisdemokratie noch um eine

»Demokratur«. Dennoch herrscht keine Anarchie. All diese Begriffe bedeuten nichts mehr. Das fortwährend Entstehende – und das ist geradezu ein Synonym für das Netz – gehorcht keiner Herrschaft außerhalb seiner eigenen Voraussetzungen.«

Elena schien sich Nadjas Meinung spontan anzuschließen, ging aber in Wahrheit gar nicht auf sie ein.

»Es ist wohl so, wie du sagst. Das erfolgreiche Leben verlangt ausschließlich nach Neuerungen, die seinen Komfort erhöhen. Es ist im übrigen stolz darauf, von keines Gedankens Blässe mehr angekränkelt zu sein. Philosophiefrei von der Wiege bis zur Bahre – so könnte eigentlich seine Eigenwerbung lauten. Alles *light*, nur die Erleichterung selbst durchgreifend und umfassend. Nichts erlitten, nur gehopst.«

Mit ihren abschließenden Worten trat sie dicht an Romero heran, als suche sie bei ihm ein besonders intimes Verstehen:

»So nah und gedankenlos nah waren die Menschen nie dem bloßen Geschehen. Die Geräte und der Komfort ändern ja an ihrer Dürftigkeit gar nichts. Und ich kann mir kein Leben vorstellen, dem nicht irgendwann einmal Dürftigkeit mit großer Wucht dazwischenfährt. Daher müßte man das Neue eigentlich ganz anders beurteilen: Zwar haben die meisten eine Menge technischen Behelf in ihr Leben, Alltagsleben, hineingenommen, wie man eben Bequemlichkeiten immer hinnimmt, und sind doch im Herzen ganz unbeholfen geblieben. Ja, sie erfahren im

Umgang mit allem, was funktioniert, bei allem äußeren Geschick erst recht die gottgegebene Unbehol-
fenheit des Menschen.«

»Dabei ist es ja bezeichnend genug«, stimmte ihr
Albrecht zu, bevor Romero auf sie eingehen konnte,
»daß die banalen Neuerungen, die unseren Alltag
heute beherrschen, sich der kriegerischen Erfin-
dungslust verdanken, der Militärtechnologie, ob es
sich nun um immer leichtere Werkstoffe, neue Infor-
mationssysteme oder sich selbst reinigende Textilien
handelt. Alle Angriffslust wird in menschenfreund-
liche Zivil-Produktion gewandelt. Die Rüstung ist
es, die uns unabsehbare Bequemlichkeit beschert.
Statt einer besseren und gerechteren Welt, welche die
Menschheit nach Ansicht einiger Philosophen und
Revolutionäre sich hätte erkämpfen sollen, haben
wir vorsorglich eine rundum leichtere bekommen.«

»Ohne daß jemand nach ihr verlangt hätte«, zog
Elena nach, »wie nach der besseren. Und ohne daß
man eine Revolution hätte anzetteln müssen, um sie
Wirklichkeit werden zu lassen!«

Albrecht, angeregt von ihrem Zwischenruf, fuhr fort:
»Es sind längst nicht mehr Herausforderungen des
Daseins oder gefährdeten Daseins, die zu techni-
schen Neuerungen im Alltag, nicht einmal in der
Medizin führen – es ist der autonome Komplettie-
rungsdrang dieser Techniken selbst, der Hunger des
Erfundenen nach mehr Erfindung, der Wirkungs-

kreis der Reflexivität, die diese Fortschritte fern von Not und Bedarf vorantreiben. Das Dasein ist längst übermeistert. Die Technologien der Erleichterung sind dabei oft selbst die Ursache für neue Gefahren, deren Beseitigung wiederum ihre Innovationsleistung erhöht. Haben sie etwa nicht zu bedenklichen Einbußen der natürlichen Lebensfunktionen geführt?

Diese leichtere Welt scheint jedenfalls vom verwöhnten Teil der Menschheit inzwischen mit dem Dasein gleichgesetzt zu werden. Sie zieht derart in ihren Bann, daß für die meisten das Leben zu einer einzigen und erfolgreichen Distanzierung von Existenz werden konnte.

Und bedingen sie sich nicht gegenseitig – das Nachlassen von Existenz und die Perfektion der Existenzprothesen?

In einer erleichterten Welt sucht jedes Teil, das nicht mehr genügend Leistung erbringt, nach einem künstlichen Verstärker und Unterstützer. Die sozial Schwachen brauchen Sozialhelfer, die unmütterlichen Mütter brauchen Mutterschaftshilfe, der gehemmte Urlauber braucht Urlaubshilfe. Längst besitzen wir eine Vielzahl von *Enhance*-Techniken, die nicht nur die degenerativen Prozesse des Körpers, sondern so gut wie jeden Belang des menschlichen Daseins ausgleichen, der vom großen Nachlassen betroffen ist. Bald wird man sich auch an die unnötigsten Maßnahmen, um die natürlichen Anlagen zu übertreffen, derart gewöhnt haben, daß man sie für seine zweite Natur hält und nie wieder darauf verzichten kann. So wie Amerika von Zeit zu Zeit einen Krieg riskiert, nicht zuletzt um neue rechnergestützte Angriffssysteme zu erproben und zu verbessern, so werden wir an Leib und Seele zu Teststrecken einer vorwärtsdrängenden Enhance-Industrie.

Man wird die Unterlegenheit der natürlichen Lebenskräfte überall unter Beweis stellen, wird die entsprechenden Verstärker im gleichen Maße provozieren wie propagieren, um die erstaunlichsten Präparate und Stimulationen zu testen und an den Kunden zu bringen. Und tatsächlich wird der Enhance-gestützte Mann den naturbelassenen in vielem beschämen, wie der gedopte Sportler den, der nur den körpereigenen Hormonen vertraut.«

»Stell dir nur vor«, hielt Nadja mit, »eines Tages wird der verstärkte Mann seinen Freund, sein unmittelbares Gegenüber, nicht mehr erkennen. Warum? Weil er mit hochauflösenden Blicken sieht. Weil er die Dinge, die Gesichter, die Gegebenheit dieser Welt nicht mehr *schaut*, sondern nurmehr in einzelnen Segmenten *versteht*. So detailscharf, so detailverhaftet, daß es ihm unmöglich ist, aus den Einzelheiten eines Gegenstands seinen festen kompletten Umriß zu ergänzen, ihn zu vervollständigen, wie wir das tun müssen, um irgendeine Unterscheidung zu treffen. Ihm aber kann es nun geschehen, daß er einen Wasserhahn nicht mehr in seiner gebräuchlichen Gestalt erkennt, weil seine Wahrnehmung sich in den Partikeln der Oberflächenbeschichtung verliert. Der Teufel steckt im Detail – eben weil es Detail ist! Ja, er betreibt die Auflösung des Menschenbilds durch übergenaue Strukturbilder. Er fertigt die Raster der Desidentifikation – und das gilt sowohl für das Individuum wie für die Selbstvergewisserung eines Volks.«

»Gleichwohl *glaubt* dieser Mann weiterhin an den festen Umriß«, meinte Albrecht, »an das Ganze der Gestalt. Doch das Gesicht – eine schier unbezwingbare Datenmenge für eine solche technothyme Halbseele – wird dann zum Glaubensfall. Eine mythische Orientierung.«

Elena setzte sich darauf ein wenig respektlos über die Geschwister hinweg, indem sie einige Ideen aus der gemeinsamen Unterhaltung zu Schlagworten verkürzte und hersagte:

»Der neue Mensch ist ein erweiterter.
    Der neue Mensch ist Glaubenskrieger.
    Der neue Mensch ist Hedonist.
    Der neue Mensch ist ein Bildermensch.
    Der neue Mensch kennt nur die Lust am Funktionieren.
    Der neue Mensch besitzt ein hochaufgelöstes Bild von sich selbst und überblickt sich nicht mehr.
    Der neue Mensch ist eine Fiktion aus alten Tagen.«

Romero hatte den anderen eine Zeitlang aufmerksam zugehört, es gab aber auch einen Anflug von amüsierter Genugtuung auf seinem Gesicht. Ich fragte mich, ob er sich etwa als der untergründige Anreger ihrer Reden fühlte und sich deshalb ein wenig zurückhielt.

Hin und wieder sah er an die Decke – zum Stuckkranz mit dem fehlenden und dennoch über uns allen schwebenden Kronleuchter. Denn dort war ja die segensreiche Wolke anzunehmen, der Dunstkörper ihrer Gedanken, das Oberhaupt jenseits ihrer Köpfe.

Nun begann er mit den Worten: »Weshalb es allgemein nicht mehr zu einer Krise des Wissens oder Bewußtseins kommt und eine solche auch für die Zukunft nicht zu erwarten ist, hat, wie Albrecht schon sagte, vor allem damit zu tun, daß das reflektierende Subjekt für unsere Wirklichkeitsauffassung so gut wie keine Rolle mehr spielt.

Das »Ich«, Held empfindsamerer Zeiten, ist heute eine minderbemittelte Instanz, wenn es um die vielfältigen Verarbeitungen von Informationen geht. Es wird letztlich nicht fertig mit der Last an Ungedachtem, Rohem, nämlich *Informationen*, die sich ihm nicht einbilden wollen. Während es Stunden braucht, um eine begründete Verbindung zwischen Ursache und Wirkung herzustellen, hat ein Computer in Sekundenbruchteilen alle denkbaren Schritte errechnet mitsamt ihren weitreichenden Folgen und wiederum den zahlreichen alternativ möglichen Folgen, die den Zusammenhang zwischen Ursache und Wirkung am Ende vollkommen zufällig erscheinen lassen. Das alte erhabene Subjekt bleibt künftig ein altmodischer Behelf, eine bescheidene Nebenstelle bei der Vermittlung von den Daten zu den Begriffen, von Welt zu Innenwelt. Manchmal aber erhebt es dennoch seine alten Ansprüche, moralische, erotische, kritische – und wir spüren auf einmal: wir brauchen es doch, wir kommen ohne unser Ich nicht aus! Ja, wir müssen sogar sein letzter Hüter sein ...«

»Aber Freund! Wir kommen zu spät ...«, murmelte Albrecht, und es war ein Dichter-Zitat, das uns daran erinnern sollte, daß dem Menschen eigentlich nichts *rechtzeitig* gelingt. Darauf fuhr er mit eigenen Worten fort:

»Wir kommen zu spät ... Das Fest ist vorbei. Die Schönen schlafen schon. Die Entscheidungen sind alle gefallen. Die Väter nicht mehr befragbar. Die Pforten alle aufgestoßen, die Gärten ausgelichtet und jedes verbotene Zimmer ist entdeckt ...

Seit Menschen Geschichte machen, verherrlichen sie die Vorzeit, und ein tiefer Widerwille gegen alles Unverklärte bringt die Dichter auf den Plan. Es gibt inzwischen keine neuen Gebirge zu bezwingen – alle höchsten Gipfel sind genommen, mehrfach und in verschiedenen Disziplinen. Dafür stehen im tiefen Erinnern viele Rekorde noch aus.«

»Hölderlin, den du da gerade angestimmt hast«, übernahm Romero, »bei ihm scheint jede Zeile von Verlust durchglüht! Und doch ist er unter den Dichtern der Kommende aller Epochen. Aber was ahnen wir heute, welche Sehnsucht ist jetzt? Die uns verrückt machte. Die uns an die Ununterscheidbarkeit des deutschen *Einst* fesselte, in dem *Damals* und *Dereinst* zusammenfallen. Wie kann etwas, das solche Macht besaß über den Geist, diesem auf einmal gänzlich entfallen sein? Wie ist es möglich, daß der Geist, dieser deutsche eben, so gewaltig und ertragreich an sich gelitten hat, um am Ende von einem ausgelöffelten Joghurtbecher nicht unterscheidbar zu sein?

Manchmal habe ich das Gefühl, nur bei den Ahnen noch unter Deutschen zu sein. Ja, es ist mir, als wäre ich der letzte Deutsche. Einer, der wie der entrückte Mönch von Heisterbach oder wie ein Deserteur sechzig Jahre nach Kriegsende sein Versteck verläßt und in ein Land zurückkehrt, das immer noch Deutschland heißt – zu seinem bitteren Erstaunen.

Ich glaube, ich *bin* der letzte Deutsche. Ein Strolch, ein in heiligen Resten wühlender Stadt-, Land- und Geiststreicher. Ein Obdachloser.

Heute geht das Kauen von Vorgekautem durch alle Mäuler. Vor allem bei den Jungen, den frischen Talenten. Sie suchen den schnellen Erfolg und gehorchen bereitwillig dem öden Ruf nach Leichtigkeit in der deutschen Literatur. Es besteht das hartnäckige Vorurteil, unsere besten Bücher seien von dumpfen

Brütern und schwerfälligen Raunern verfaßt! Dabei ist das Gegenteil von leicht keineswegs schwerfällig, sondern: etwas von Gewicht. Darauf jedoch müssen wir vorerst verzichten.

Sind es denn nicht die Gequälten und Geschlagenen – von Idee, Politik, Fremdherrschaft und dürftiger Zeit Geschlagenen, die den Magnetkern der deutschen Literatur bilden?

Welche Sprache, die wir aus neueren Büchern kennen, wäre rauh und anstößig genug, um auch nur einen schwachen Eindruck von der Unwegsamkeit des Wegs zu geben, auf dem wir dahinziehen? Mag sein, zu den Vorgängen der Welt, die uns nur auf gedämpfte Weise vermittelt werden und nie wirklich berühren, gehört eine leidlose und allenfalls verspielte Sprache. Andererseits wird uns eine Lebenswirklichkeit vorgestellt, die in jedem Winkel viel zu komplex sei, als daß ein Subjekt, das alte Ich, sie auch nur annähernd durchdringen könnte. Diese Systemtheoretiker, die so gern das Leerwort »Komplexität« im Munde führen, seien daran erinnert: Es gibt keine Finesse des Weltverstehens, die nicht längst in der Sprache entdeckt und ins Bild gefaßt worden wäre.

Aber eben das Bild bleibt heute den meisten unerschlossen. Der Fenrisrachen, der das *Symbol* der Sonne verschlingt, bedroht unser Verstehen. Nicht Leseschwäche, sondern das schwache Lesen, das nichts mehr deuten kann.

Der anmaßende, doch korrekte Titel der poeti-
schen Legitimation kann ja nur lauten: Dichtung
als Befreiung des Wissens vom Fluch des Nichts-
sagenden. Doch dem voraus geht Wißbegier und
Wissensdurst. Nicht kritische Intelligenz. Die den
sozialen, wirtschaftlichen und wissenschaftlichen
Disziplinen, von denen sie handelt, selten genügen
kann und meist sogar unter deren Reflexionsniveau
bleibt. Anders als einen Musil oder Hermann Broch
stimuliert offenbar das Wissen seiner Zeit den erzäh-
lenden Bewußtseinsmacher nicht mehr. Versetzt ihn
auch nicht in Neugier und Staunen. Im Gegenteil:
sein Unterverstehen bestärkt ihn in seiner gewöhnlichen Gescheitheit und seinem kleinkünstlerischen
Geschick. Kurz, von der belletristischen Literatur
dürfen wir keinen Hinweis auf die große Chiffre erwarten. Daher müssen wir Dilettanten, wir nicht-
dichtenden Symbolsucher auf eigene Faust weiter-
machen.«

Mit einer plötzlichen Kehre stand er vor mir und
packte mich mit beiden Händen an den Schultern, so
fest, als wollte er mich zur Seite werfen und endlich,
wenigstens indirekt, seine Wut darüber auslassen,
daß Nadja mich in die Gemeinschaft geholt hatte,
um ihn abzulösen.

»Nicht wahr, Freund, es muß noch einen, einen letzten Aufstand des Herzens geben!
    Manchmal gilt es eben, nicht die demokratischen
Ideale zu retten, sondern die Ideale vor der Demokra-

tie. In diesem Doppelsinn: erstens die großen Ideale aus der *Vorzeit* demokratischer Verhältnisse nicht zu kompromittieren; zweitens sie vor der Banalität der Kompromisse, der ebenso ehrsamen wie unbescheidenen Wirklichkeit der Demokratie in Schutz zu nehmen, die, immer bedürftig nach Anerkennung, beinah jeden Lebensbereich durchdringen möchte und sich zuletzt zu einer Art demokratischen Integralismus entwickelt.

Man darf aber nicht vom gegenwärtigen Leben, sondern muß von der *grenzenlosen Vorwelt*, wie es im »Hyperion« heißt, erdrückt und zerstört werden, um als Künstler – und nicht nur als Künstler! – aufzuerstehen. Wie Hölderlin die Religion rettete vor den Totenvögeln der Aufklärung, vor ihren begreifenden Krallen, und zurückführte in die Sphäre des »unendlicheren« (jawohl!) Lebens, so ist sie wieder und wieder zu retten, solange das menschliche Ingenium reicht. Dafür müßte man freilich die Person oder das Subjekt vor dem unwiderruflichen Übertritt in die modulare Verfügbarkeit, die falsche Unendlichkeit der Netzwerke bewahren können. Ich weiß wohl: Das reflektierende Subjekt gehört wie ehedem das sakrale nun schon zum Altertum des Menschengeschlechts. Die Alten: dazu zählen auch wir bereits in unseren jungen oder mittleren Jahren. Denn hier, an diesem abgeschirmten Ort, stehen wir in der Freiheit des Erinnerns. Ja, wir bestehen überhaupt aus Erinnerung, und in jeder unserer Äußerungen ist ein Heraufrufen von etwas halb Vergessenem. Wir behaupten uns, so gut wir können, mit den Mitteln des unbeholfenen Existierens gegen den Sog einer daseinslosen Zerebralsphäre.«

»Hattet ihr nie das Gefühl«, fragte Elena in die Runde, »viel mehr Lebensstoff zu besitzen, als ihr jemals verbrauchen könnt? Was ist nicht alles in uns: übriggeblieben?! Nie gezählt und nie geordnet, nie verwendet und nie verstanden und doch da, immer mit von der Partie.

Streu der ungenutzten Erbschaften. Schicksalskies, nie angemischt mit eigenem Leben, immer in der Reserve gehalten, ohne jemals den bindenden Baustoff zu geben. Und am Ende dann dies schleifende Geräusch: die lange Schüttung, Kies, der von der Ladefläche rutscht, abwärts in die Grube.«

Elenas Wendung ins Melancholische wollte Nadja sofort aufnehmen und daran mitwirken, aber Romero kam es ungelegen, und er setzte sich, mit einer Geste um Entschuldigung und Aufschub bittend, über die beiden hinweg:

»Ihr wißt, man kann den schwächsten Schimmer von einem beinah schon entschwundenen Bild, den matten Schein einer sich verdunkelnden Ansicht mit elektronischen Mitteln aufbereiten und erhellen. Mit Hilfe von Restlichtverstärkern holt man für das natürliche Auge nicht mehr erkennbare Gestalten aus der Finsternis. Eine vergleichbare Wiederaufbereitung, die dem schwachen Strahlen der Symbole neue Leuchtkraft verliehe, ist technisch nicht denkbar. Doch müßten nicht wir selbst in der Abgeschiedenheit unseres Konventikels so etwas wie Restlichtverstärker sein für die ein oder andere vergehende Ansicht oder Einsicht?

Ein Bild ist zunächst alles, was nicht Abbild ist. Ein Bild, das Bild werden will, darf die Sprache nicht verlassen. Es muß unsichtbar bleiben. Das Bild, nach dem wir suchen, ein Sinnbild oder Inbild, wird immer ein sprachliches Erzeugnis sein, das, obzwar visuell konzipiert, dennoch einem bildnerischen Erkennen entspringt.

Sprechen wir zunächst von der symbolischen Erzählung, wie sie unvergleichlich zur deutschen Literatur gehört: Kleist, Novalis, Hofmannsthal. Marionettentheater, Klingsor-Märchen, Chandos-Brief. Solche Dichtung wird wohl immer im Bewußtsein einer Krise oder Peripetie entstehen. Doch wo wäre für uns die Peripetie – oder Erkenntnisschwelle (von hier aus: ein neues Verstehen)? Zum Dilemma des verlorenen Krisenbewußtseins gehört, daß Krisen bedeutungslos überall erkannt und benannt werden. *Crisis* (im Sinne Burckhardts) war etwas, bei dem nichts so blieb, wie's war, eine tiefe existentielle Gefährdung und Erschütterung von epochalem Ausmaß. Aber seine Existenz spürt der Gegenwartsmensch allenfalls noch durch das Soziale. Sonst lebt er geradezu gegen sie abgepuffert, wenn nicht gar abgeschnitten von ihr.

Nun, zuweilen gehen wir an Wegscheiden vorbei, ohne sie zu bemerken, und folgen stur der einmal

eingeschlagenen Richtung. Wie reagiert die Komfort-
gesellschaft auf die Unduldsamkeiten einer fremden
Religion? Natürlich mit ihren hauseigenen Mitteln der Toleranz. Diskussion, Konferenz, Konflikt-
forschung. Hierbei fehlt es nicht an klugen Worten,
doch unsere Worte – im Gegensatz zu denen unserer
Verächter – haben jede Bedeutung eingebüßt. Wir,
die jetzt schon Besiegten, können alles sagen und sagen nichts. Wäre unser Sagen ebenfalls eingeschränkt
wie das ihre, durch religiöses Gesetz und Konzen-
tration auf Pflichten, auf eine kämpferische Handlung oder nur Haltung, so würde es zwangsläufig wieder Bedeutung gewinnen. Aber der Komfort kämpft
nicht. Daß wir sprechen, wie wir sprechen, ist nur
noch ein Verständigungsmedium unter Besiegten.«

»Wenn wir ehrlich sind«, fügte hier Albrecht ein,
»bedroht werden wir doch nicht von einer anderen
Religion, sondern vom unaufhaltsamen Rückzug der
eigenen auf wenige Leute.

Das Sterben großer Interessen ist für den Menschen gewiß folgenreicher als das Artensterben in
seiner Umwelt.

Ein Epochenwechsel berührt aber letztlich nur die-
jenigen, die auf die eine oder andere Weise zurück-
bleiben. Die sich an etwas klammern, das *geliebt* wird
und unwiderruflich verloren ist. Das schöne Abge-
lebte, dem man zugehört wie Joseph Roth der Monarchie.

Wer aber möchte schon ein Zurückgebliebener
sein? Für die meisten zählt allein, ob sie sich an der

Spitze oder im breiten Mittelfeld oder gar unter den Nachzüglern befinden, alle auf der gleichen Bahn und in gleicher Richtung voran.«

Romero gab es ihm zu, wollte aber seine bisherigen Überlegungen gleich um eine nächste Drehung enger ziehen.

»Noch einen anderen Aspekt der unerfahrbaren Krise möchte ich anfügen. Der Geist hat das Ding, das ihn hervorbringt, seine Hardware, mit dem Emblem des Netzwerks verbunden. Er hat sich daraufhin, sozusagen auf dem Weg eines kognitiven Narzißmus, in sein neuronales Spiegelbild verliebt. In sich gekehrt, läuft er nun Gefahr, sich in sein technisches Geschehen zu vermindern. Seine Weltoffenheit einzubüßen. Am Ende wird sich aber unser Geist niemals als ein Netzwerk selbst begreifen. Das Netz-Emblem als Forschungsschlüssel kommt nicht als Passepartout infrage, da es nur eine beschränkte Zahl an Aufschlüssen innerhalb des Hirnuniversums ermöglicht. Vielleicht ahnt der Forscher bereits, daß das Emblem ihn sogar daran hindern könnte, mehr und besser zu verstehen. Ich will damit sagen, solange der Geist seine eingespielten Muster des Begreifens nicht durchbricht, solange er unerschöpflich die eigne Komplexität sondiert, wird ihm daraus eine Krise des Bewußtseins niemals entstehen.«

Und Albrecht formte wieder mit den Händen vor, wonach man hier suchte:

»Welches Bild also? Ein Busch, ein Bausch, ein

Knäuel von aufgelösten Bändern ... Nirgends jedenfalls die Kette mit den fest verschlossenen Gliedern: Folgerichtigkeit nirgendwo. Jedes *link* ist nur ein *hint*. Der Fingerzeig regiert die Welt.

Welches Bild? Ein Baum und seine Zweige? Nichts unterscheidet mehr die Wurzel von der Krone, die Quelle von der Mündung, und auch das Haupt steckt voller Glieder, obzwar es die allerfeingliedrigsten sind. Also: *das Gezweig an sich*? Ohne Ast und Stamm und Wurzel. Du hast recht, wir sind besessen von der neuronalen Selbstbespiegelung. Darüber vergessen wir jede andere Vorstellung von der Welt. Und vergessen zuweilen sogar, daß diese weltbildhafte Welt explizit von jenem Teil des Hirns erzeugt wird, der jenseits der Neuronen arbeitet. Es käme jedenfalls zum gegenwärtigen Zeitpunkt niemandem in den Sinn, daß es noch eine ganz andere Blaupause geben könnte, um die Welt zu verstehen. Als nur die Hardware des menschlichen Gehirns. Das Kriterium des höchsten Verstehens ist immer noch *Komplexität*. Während das Bild, das Symbol für archaisch gehalten wird. Doch unsere welterzeugenden Einbildungen haben diesen Apparat lediglich zur Voraussetzung, und er ist nur deshalb zur höchsten Entfaltung gelangt, damit wir den Plan des Schöpfers sehen und seine einzigen Zeugen sind. Nieder mit dem Neuro-Materialismus!«

Elena lachte, von einem Gedanken überrascht, aber Albrecht zuckte ein wenig zusammen, denn es war ihm bitter ernst mit seiner Parole.

Sie sagte: » Alles in allem, scheint mir, suchen wir so vergeblich nach der Krise und dem gültigen Krisenbild wie der Romantiker nach der Blauen Blume.«

»Ja vielleicht«, bestätigte Romero, »nur daß es heute von unserer Naivität zeugt, anzunehmen, es ließe sich so etwas wie *die Signatur des Zeitalters* überhaupt noch finden. Während es zu Schlegels Zeiten nicht weniger als die Erfindung von Gegenwartsbewußtsein bedeutete.«

»Ich möchte euch aber berichten«, fuhr Elena fort, »daß ich für mein persönliches Leben sehr wohl eine Leitmetapher gefunden habe, und ich kenne ihren Sinn recht genau.

Die Signatur, das Feldzeichen meiner Eroberungszüge, der sinnlichen wie der gedanklichen, ist Sigune mit dem Brackenseil. Kennt ihr Sigune mit dem Brackenseil? Geschildert wird ihr Abenteuer im *Titurel* des Wolfram von Eschenbach. Ich will euch nicht langweilen, aber wenn ihr nichts einzuwenden habt, erzähle ich die nicht allzu bekannte Geschichte, die mir zum Sinnbild wurde.

Wie im Mittelalter üblich und eigentlich immer gültig, ist Minne ein Wissen, das von den Männern gelernt werden muß. Es sind die heranwachsenden Frauen, die es zuerst besitzen und zur Erziehung ihrer Jünglinge gebrauchen, indem sie diese einer Fülle von Prüfungen, einem langwierigen Wechsel von Annäherung und Aufschub aussetzen.

Und die Frauen prüfen sie in allem – bis hin zur ›liegenden minne‹. Kurz davor, bei ihm zu liegen, war nun Sigune mit ihrem Schionatulander. Da brach aus dem Gebüsch der Bracke, ein Wild hetzend. Der junge Mann, um sich von den mühseligen Lektionen zu erholen, stand gerade mit nackten Beinen im Wasser und angelte. Da rief ihm seine schöne Versprochene zu, er möge den Bracken fangen und ihr bringen. Dies sei die endgültige seiner Prüfungen. Durch dornige Sträucher verfolgt er das Tier, greift es und führt es zu seiner Herrin. Sigune entdeckt an dem Hund ein kostbares Halsband, geschrieben in Edelsteinschrift, mit Nägeln befestigt, eine aventiure, verfaßt von der Geliebten des Pfalzgrafen. Nach den ersten entzifferten Worten glaubt sie wohl, das Band beginne den Codex einer neuen Liebes-Zucht zu erzählen. Atemlos liest sie die Geschichte und die Lehre, die vom Halsband weitergeht auf der zwölf Klafter langen Leine, die sie, den Jagdhund zu halten, am Pfosten ihres Zelts befestigt hatte. Während sie nun immer begieriger liest, wickelt sich das Seil langsam ab. Plötzlich entreißt sich der Hund und hetzt wieder das Wild. Oh! Sie hat die Geschichte nicht zu Ende gelesen. Ihren Freund fordert sie auf, das Tier ein zweites Mal einzufangen: dies sei ihre allerletzte Bedingung – seine letzte Prüfung vor ihrer Hingabe. Sie fordert es mit blutenden Händen, weil ihr die Edelsteinschrift beim Fliehen des Tiers die Haut zerriß. So verletzt von Schrift steht sie und wartet mit heißem Herzen – auf die Fortsetzung der Geschichte.

Dafür verbringt sie ihr weiteres Leben in Buße und Reue, denn ihr Liebster findet bei der Verfolgung des Bracken den Tod. Zu Beginn des Parzival sieht man sie wieder. Der junge Held und ungebärdige Ausreißer entdeckt sie in einer Baumklause – den balsamierten Leichnam ihres Schionatulander hält sie umschlungen. Ein Leben lang wiegt sie den Toten in ihren Armen. Dem jungen Parzival erzählt sie die traurige aventiure, die wir nun kennen.

Was aber ist ihre Schuld? Nicht leben, nicht lieben zu können, ohne die Geschichte des Brackenseils bis zum Ende zu kennen. Ist es nur die Gier einer Leserin von Fortsetzungsromanen? Oder heißt es vielmehr: ohne den neuen Codex der Liebe ganz zu kennen, wird und will sie nicht liegen bei ihrem Freund? Ist es der heiße Durst nach Liebesgelehrsamkeit? Vielleicht beunruhigt es sie, daß sie und ihr Jüngling vor der Vereinigung noch eine wichtige Lektion versäumt haben könnten? Die halb gelesene aventiure verspricht, daß im weiteren Verlauf eine »neue Anwendung« geschildert werde, die dem Verlobten unbedingt noch beizubringen sei – und da entwischt ihr die Schrift. Sie muß sie aber kennen, muß! Ganz gelesen will sie sein, die ›schrift an dem seile‹«.

Einen stillen Moment lang hingen alle der Erzählung vom Brackenseil nach; und jedem schien wohl noch etwas anderes darin verborgen oder damit gemeint, als Elena für sich selbst herausgefunden hatte.

Als erster wollte Albrecht das eben Gehörte nutzen, um es in seine Erwägungen einzubeziehen.

»Was es im Deutschen an höherem Bewußtsein gab, war immer romantisch, gleichgültig zu welcher Epoche. Romantisch nenne ich alles, was lebt, um sich zu sehnen. Oder, wie in deiner Geschichte: alles, was unvollendet bleibt, halb gelesen, halb entschlüsselt, halb erkannt. Und einen unstillbaren Antrieb zurückläßt. Anders ergeht es den Menschen der erleichterten Welt. Sie leben ausschließlich mit dem, was ist, was da ist, zuhanden. Wahrscheinlich sind die Heutigen überhaupt die größten Zuhandenheitsartisten der Weltgeschichte.

Nie zuvor hat der Mensch soviel Tüchtigkeit besessen, niemals solche Funktionslust verspürt, alles klappt. Nie war er von soviel Perfektem umgeben und einzig an Perfektion interessiert.

Man möchte es auf die Spitze treiben und sagen: die Technik tröstet anscheinend den abendländischen Menschen für das schwere Schicksal seines untröstlichen Denkens. Sie überträgt eine Art kindlicher Funktionslust auf seinen Verstand.«

Romero zögerte einen Augenblick, auf Albrecht einzugehen, denn es drängte ihn, die Suche nach dem großen Kenn-Zeichen nicht allzu lange zu unterbrechen.

»Immer noch besitzen wir den Ehrgeiz, aus jedem flüchtigen Zeitwisch/Irrwisch ein Jetzt zu ermitteln, das allen gemeinsam ist; geoffenbarte Allgemeinheit. Auch wir fragen beständig nach einem Wir.

Weshalb *wir* nicht fähig zur Krise sind. Weshalb *wir* ein Krisenbewußtsein nicht kennen. Weshalb *uns* selbst das Schlimmste im Leben nicht ins Leben zurückversetzt, in Not und Furcht. Und die Antwort lautet: weil wir auf so bescheidene Weise wach sind, kann uns nichts wirklich aufwecken. Dabei liegt auch über unserer bescheidenen Wachheit der Schlaf der Epoche, den erst eine nächste vertreiben wird. Diese wird dann auch in unserem Epochenbewußtsein, das sich selbst für das allerumfassendste hielt, eine wunderliche Menge an Unkenntnis und unverzeihbar Übersehenem entdecken; viel Schlaf eben.«

Nadja hob ihre Hand, als wollte sie Romero Einhalt gebieten, doch die Geste sollte wohl nur ihre Worte bahnen:

»Man wird sich damit abfinden, daß alle Arbeit des Bewußtseins, egal ob ein Leben, ob eine Epoche lang, stets Arbeit an der Selbsttäuschung ist.«

Darauf wollte niemand erwidern. Sie machte Anstalten, den allzu schlußfreudigen Satz wieder zu öffnen, als Romero, ihr zunickend, bereits weitersprach.

»Der Mensch der Hochtechnologie vermag sich so wenig wie einst der Azteke vorzustellen, daß sein bewährtes Gedanken- und Interessesystem einmal durchkreuzt wird und von einem vollständig anderen abgelöst. Daß je wieder *eine andere Zeit anbräche*. Zu dicht folgt eine Neuerung auf die nächste, zu häufig wechselt der Brennpunkt des Interesses, und in diesen raschen Wechsel einbeschlossen sind auch die einschlägigen Unheilserwartungen, vom atomaren Weltenbrand bis zur Klimadämmerung. In gewissen Abständen geraten wir eben in die Turba der schlechten Aussichten. Meist läßt sich dann kaum mehr unterscheiden, ob die wortgewandten, doch niemals wortgewaltigen Profi-Warner die dramatischen Stoffe nur gebrauchen, um, wie von ihnen erwartet, ein weiteres Unheilszenario abzuliefern – oder ob jene Stoffe so tückisch sind, sich die geschwätzigen Münder zu wählen, Profis statt Propheten, damit ihre wahre Dramatik uns bis zuletzt verborgen bleibt. Damit, weil wir's nicht mehr hören können, wir's plötzlich fühlen müssen.

Ungeachtet drohender Katastrophen bleibt aber das tiefere Zeitgefühl auf eine Welt gerichtet, die niemals enden wird, weder mit einem Krach noch mit einem Wimmern. Indem wir aber ins Aufhören keine Erwartung mehr setzen, uns gar nicht mehr in dieses einfühlen können, damit hat die Welt ihre innerste Weltlichkeit erreicht.«

Scheinbar abirrend und doch in Übereinstimmung mit Romeros Forderung, sich weiter an der Symbolsuche zu beteiligen, führte Albrecht mit leisen Worten zum Dichter zurück:

»Es ist vielleicht gut, wenn man Trakl liest ... Man taucht in den tiefen Grund der Bilder und muß doch fürchten, sobald sie aufsteigen, werden sie sich explosiv vervielfältigen, sinnlos vermehren, sich in das Bildergeschmeiß unserer Tage verwandeln. Aber dort unten bleiben sie immer die Pforte, die Mühle, der Wein, die Purpurfarbe. Der unvergleichliche Dämmer, in die sie der Dichter versenkte, erhält sie für immer. Und der Dämmer – bleibt er nicht stets eine Chance und ein Hang unseres Bewußtseins, da uns von dort die betörenden ebenso wie die nützlichen Einflüsterungen kommen?

Worte und Zeichen, zur Eindeutigkeit, zur Kenntlichkeit entstellt, werden niemals etwas, das uns wenden wird, in sich tragen oder voraussagen.

Der Bildstock am Wegrand verkörpert den ursprünglichen Einhalt, das Stocken des Bilderverlaufs, der Sequenz, der Bildgeschichte. Ein Bild allein überlebt nur als Station, zu der man hingeht und bei der man verweilt. Beim schnellen Vorbeitransport würde ein solches Bild ›scheinheilig‹. Wie sehr aber sind wir an diese Scheinheiligkeit gewöhnt, und wer könnte sich wohl außerhalb der allumfassenden Bildscheinheiligkeit noch zurechtfinden?«

»Versteht mich nicht falsch«, versetzte Romero, nachdem er Albrechts Worte mit einer Anstandspause quittiert hatte. Nun wandte er sich wieder etwas lauter den anderen zu:

»Ich werde bis zuletzt dem Wissen und dem Wissenwollen das Wort reden. Denn in die Wissenschaften allein hat sich das Ingenium der Menschheit eingenistet. Hier sind die größten Regungen des Geistes bis auf weiteres untergebracht: Leidenschaft, brennende Neugier, Ideen und Ideenstreit, Geheimnis, Sehnsucht und Ahnung. Also vieles, das sonst auf der Welt in *Reinkultur* nur noch schwer zu finden ist, das ist in den Innenräumen des Wissens, in seinen Überlagerungen und Verschmelzungen doch vorhanden. Beinah wie Gut und Böse – denn auch sie sind ja nur in vermischtem Zustand wirklich aktiv.

Andererseits bin ich davon überzeugt, daß dem Aufstieg des wissenschaftlichen Denkens eine natürliche oder übernatürliche Grenze gesetzt ist.

Auch wenn es noch so märchenhaft klingt: ich stelle mir vor, daß das forschende und bis ins letzte sich selbst erforschende Denken eines Tages, zufällig oder aus Versehen, auf eine Formel stoßen wird, die es in tiefe Trance versetzt. Eine magische Formel, nach der jenes Denken zuvor niemals suchte, die ihm vielmehr aus den eisigen Höhen der Theorien und Abstraktionen, aus sich selbst heraus, entgegentritt und es wie durch Zauberwirkung außer Kraft setzt. Die Menschen – oder eine empfängliche Vorhut von ihnen – werden dann von ihren Höchstgeschwindigkeiten augenblicklich in eine ungeheure Dehnung von Zeit hinüberwechseln. Sie werden zunächst in einer Art inneren Eklipse leben. Durch ihre graue Nacht fällt nur alle Stunde vereinzelt ein Bild. Nur jeweils ein Brocken Sichtbares erscheint ihnen und schwebt langsam durch ihren Dämmer wie ein abgebremster Meteor. Niemand wird dann mehr fragen oder auch nur wissen wollen, ob es sich um einen tatsächlichen Schaden in der Sichtbarkeit der

Welt handelt oder um einen partiellen Ausfall des eigenen Gesichtsfelds.

Aus dieser Nacht aber oder langsamen Zeit baut sich eine neue Periode des bildhaften Denkens auf, eine unbekannnte und neue Vorstellungswelt wird heraufziehen, von deren Inhalt wir nichts ahnen können. Man könnte auch sagen: irgendwann wird die letzte, äußerste Entfaltung des Geistes erreicht, die kritische Grenze berührt, so daß er sich wieder einzufalten beginnt, sich zurückzieht in seine *Implikate*: Bilder, Symbole, Hieroglyphen, Pictogramme ...

»Involutio suprema!« rief er seinen Ausführungen hinterher, rief es zur Decke empor und zwar so laut, daß es wie ein Schlachtruf klang. Dabei streckte er den Arm und die greifende Hand in die Höhe, und es sah aus, als wollte er im Triumph seine ureigne Erlösungsidee dem Himmel entreißen.

Während dieser Unterhaltung, solange ich mich unbeobachtet wußte, hatte ich Ilona, die schöne Rohe, mit Zeichen dazu aufgefordert, mit mir die Handynummer zu tauschen. Doch kaum waren wir über ein paar Nachrichten miteinander in Verbindung getreten, da verstummten die Erörternden um uns herum abrupt, eine lähmende Stille trat ein.

Wer gerade noch, wie meine Nadja, im Zimmer unterwegs war, wurde im Ausschreiten wie von einer höheren Hand angehalten. Die Unterhaltung im Kreis geretteter Figuren war mit einem Mal abgebrochen. Die Gesichter erstarrten, die Münder blieben halb offen stehen. Im ersten Moment kam mir die absurde Vermutung, ich selbst hätte mit meiner heimlichen elektronischen Post diese Störung ausgelöst. Beängstigt schrieb ich an Ilona: Was ist los? Und empfing sogleich ihre Antwort: *Powercut. Kurze Unterbrechung.*

Jetzt glaubte ich doch, daß sie es war, die Unbewußte mit ihren besonderen sensorischen Fähigkeiten, die die Störung hervorgerufen hatte. Wie ich's mir erklären sollte, darüber wollte ich jetzt nicht grübeln. Schließlich wurde sie von allen als Schutzheilige ihrer Gespräche angesehen und verehrt. Von daher kam ihr anscheinend die Macht, sie sowohl in höchstes wie auch schlagartig außer Bewußtsein zu versetzen.

»Geh mit mir zu meiner Mutter!« lautete die nächste Nachricht, die mir die flinkesten Fingerspitzen der Welt schickten.

»Was wird aus der Familie?«

»Wenn wir zurückkommen, setzen sie da wieder ein, wo sie unterbrochen haben.«

Ich: »Ich komme nicht zurück.«

Ilona: »Das kann ich mir nicht vorstellen.«

Ich blickte von der Tastatur auf und sah, die Rohe tat es auch. Sie lächelte fein und liebenswürdig. Sie hob ihr Gerät jetzt in die Höhe, auf dem Display lief ein kurzes Video, das sie vor der weißen Wand zeigte, so wie sie dort die letzten Stunden gesessen hatte. Sie hob aber das Handy über den Kopf, wie die Fremdenführerin ein Fähnchen oder einen Prospekt als Erkennungszeichen für die Gruppe, die ihr folgen sollte.

Ich beobachtete ein schwaches Nachbeben oder Nachzucken bei den angehaltenen Figuren. Nadja schüttelte beide Hände, wie um jemandes unpassende Bemerkung abzutun. Und Elena, als zapple ihr Verstand an heillos verwirrten Fäden, sagte stotternd:

»Wer verdammt … kämmt heut abend … die tausend … Teppichfransen aus?«

Es lag aber nirgends ein Teppich, überall waren die nackten dunklen Holzbohlen der Untergrund.

Albrecht hatte die Hände im Nacken gefaltet und den Kopf zur Decke gehoben, soweit seine versteifte Wirbelsäule es zuließ. Auch er stammelte wie im Traum vor sich hin:

»Taschenkrebse … den ganzen Mund voll Taschenkrebse …«

Inzwischen war Ilona aufgestanden und ging unter den Erstarrten von einem zum anderen, legte ihm die flache Hand auf die Stirn, als fühle sie nach einer erhöhten Temperatur, und blieb dann unversehens vor mir stehen.

Ich schrieb: »Wohin?«

Sie antwortete: »Mit dir zu meiner Mutter.«

Ich dachte noch daran, was Albrecht zuvor von der Kußtafel gesagt hatte. Dann spürte ich eine künstliche Hitze, wie ein Kontrastmittel in den Venen sie auslöst. Ich war unter ihren Einfluß geraten. Und er wirkte nicht weniger umhüllend als eine Trance. Jedenfalls schaltete er meine Bedenklichkeiten, meine Selbstbeobachtung aus. Ich bückte mich und küßte ihre mattlackierten langen Fingerspitzen. Nun war ich ihr ergeben, wie alle anderen auch.

Doch als ich mich wieder aufrichtete und vor mir die füllige junge Frau stand, dachte ich nicht mehr an die Schutzheilige und Verehrungswürdige. Ich fragte, in Windeseile getippt, einfach und ungezwungen: »Darf ich dich küssen?«

Sie tippte mir keine Antwort, sondern sah mich verwundert an, legte die rechte Hand, auf die linke Kante verdreht, zwischen ihre Brüste, und der Daumen stand ab – es war die alte Gebärde für die Selbstbezeichnung: Mich? Meinst du mich?

Ihre Nachfrage, ihre starke Verwunderung beirrten mich. Ich wollte die Bitte schon mit einem rasch nachgefügten Scherz vertuschen, als mir auf einmal ihre hohe weiße Hand mit dem ausgestellten Daumen wie ein Bugspriet erschien und ich nichts sah als diese schöne wogenspaltende, zu mir hin strömende Person.

Schon tippte sie wieder. Ich wartete und las:« Zum Küssen brauchen wir ein Schutzdach.«

Ohne zu ahnen, was darunter zu verstehen war, folgte ich ihr dennoch ohne Zögern. Auf der dunklen, ausgetretenen Treppe, die hinab zur Haustür führte, lief ich ein paar Stufen voraus, kniete vor ihr und küßte wieder ihre Fingerspitzen. Weil sie trotz allem die Verehrungswürdige war und ich nun ganz allein mit ihr. Weil ich unter ihrem Einfluß stand. Ich hielt ihre Hand. Und es war dieselbe Hand, die den Schrecken verjagt, die Sorge von der Stirn wischt, die Dämonen beschwichtigt; eine Hand, die die Wirren der Gewalt löst. Eine das zustoßende Unheil ablenkende Hand.

Mit einem Linienbus verließen wir am späten Abend das dunkle, leblose Gewerbegebiet. Wir blickten noch einmal zurück auf das merkwürdige Wohnhaus, das dort ausgesetzt und isoliert, tatsächlich wie das Haus des Henkers, übriggeblieben war. Und ich dachte an die Schar bewegter Figuren, die drinnen auf dem höchsten Wellenkamm ihres Bewußtseins plötzlich angehalten worden war.

Der Bus fuhr stadteinwärts, und Ilona, die vielleicht seit langem die Zimmer der geschwisterlichen Familie nicht verlassen hatte, blickte gequält in das lautlose Mündungsfeuer der Scheinwerfer und Leuchtreklamen. Darüber wurde ihr anscheinend unwohl, und sie suchte Zuflucht bei dem Video auf ihrem

Handy, das sie zu Haus auf ihrem Stuhl vor der leeren Wand zeigte.

Ihre Mutter hatte – wohl schon seit einigen Tagen – in einer bescheidenen Hotelpension in der Nähe des Hauptbahnhofs Quartier bezogen. Sie empfing uns, schon zur Nacht gekleidet, ohne sich von der Bettkante zu erheben. Mir blieb es ein Rätsel, weshalb sie keinerlei Anzeichen von Freude oder Herzlichkeit zeigte, als sie nun endlich die Tochter begrüßte.

War es denn möglich, daß Ilona nicht das erste Mal ausgerissen war? Vielleicht hatte sie schon öfter die geretteten Figuren – und darunter seit neuestem auch mich – derart angehalten und in eine bewußtlose Pause versetzt? Und war unterdessen heimlich zu ihrer Mutter geflohen, ohne daß einer von uns die Unterbrechung je bemerkt hätte.

Ich versuchte, mir diesen Verdacht aus dem Kopf zu schlagen. Zumal ich eben noch beobachtet hatte, wie befremdlich ihr die Einfahrt in die Stadt war und wie sie sich gegen die ungewohnten Licht-Reize abschirmte. Aber vielleicht war das bei jedem Ausflug so und rührte von ihrer Behinderung, der Taubheit her? Die Vermutungen drehten sich im Kreis. Une sorte de vertige … War es nicht Nadja, die dieses Wort einmal benutzt hatte?

Wahrscheinlich hatten sich Mutter und Zwillingstochter zuvor ausgiebig über SMS verständigt, ihre Versöhnung via Handy längst besiegelt, so daß die leibhaftige Begegnung sie nicht mehr überwältigen konnte.

Wie auch immer – meine eigentliche Verwirrung begann, als mein Blick sich nicht mehr von den schmalen Unterarmen der etwa fünfzigjährigen Frau lösen konnte. Auch nicht von ihrer gedrungenen Hand mit den viel zu kurzen Fingern. Ja, ich erschrak, Romeros *Involution* kam mir in den Sinn, freilich als jene andere, die biologische Rückbildung. Oder wie soll man es nennen, wenn unsere Tastorgane abstumpfen und die Fingerspitzen zu Haftzehen verkümmern? Welch ein Gegensatz zu den eleganten und feinen Händen ihrer Zwillingstochter!

Die halblangen Ärmel des Nachthemds waren wie Glocken, aus denen diese knochigen Schlegel herabhingen. Auch ließ das Gewand ihren mageren Leib hindurchscheinen, vor allem die beiden schwarzen Male auf den gesunkenen Brüsten. Selbst das Haar zwischen den Schenkeln dunkelte unter dem weißen Hemd hervor, ein grobes Büschel, wie mir schien, eine störrische Mähne. Die beinernen Schienen der Unterarme, der struppige Schamschopf – alles in allem war es ein Bild des Abscheus, das mir die leibliche Mutter der schönen Rohen bot. Dennoch ging eine fatale Anziehung von ihr aus. Sie beleckte den Knöchel ihres geknickten Zeigefingers, vielleicht um dort eine kleine Schnittwunde zu stillen. Darüber schickte sie mir einen tiefen Blick und zeigte ein gespielt verschämtes Lächeln. Beides galt dem Unvermeidlichen, das uns beiden nun bevorstand und von der Rohen eingeleitet wurde.

Im selben Augenblick haßte ich mich für den Dünkel meiner kalten Beobachtungen, die zu einem Teil mit den Phantasmagorien des Abscheus vermischt waren. Der korrupte Blick, der den dargebotenen Leib in lauter unerfreuliche Einzelheiten zerlegt, um ihn kurz darauf, weil die Gelegenheit es fordert, zu verbrämen und alles Abstoßende dem bloßen Umriß, dem Beuteschema, unterzuordnen, einfach um den Körper dann doch zu nehmen und sogar zu genießen – dieser Blick ist eine Schande, verglichen mit der blinden Lust des Draufgängers!

»Wie ist das Haus?« fragte Ilonas Mutter und lutschte weiterhin an ihrem Knöchel.

»Es ist sehr geräumig«, antwortete ich in der Absicht, jetzt kein Gespräch zu führen.

»Mit mir wird das Haus erst schön«, sagte die Mutter, aber auch Ilona versuchte sie davon abzuhalten, jetzt ein Gespräch zu beginnen.

Sie setzte sich neben sie auf den Bettrand, und beide sahen mich erwartungsvoll an. Da meine Regungen in dieser Situation nicht einfach zu ordnen waren, kam von mir nichts, als daß ich abermals niederkniete. Das galt natürlich der Verehrungswürdigen, der tauben Tochter, aber auch zu ihrer Mutter blickte ich nun aufwärts statt wie vorher auf sie hinunter.

Daraufhin traf Ilona einige Vorkehrungen, damit mir ihre Mutter besser gefiele.

Sie rückte sie mir in ein günstigeres Licht. Zuerst strich sie sanft über ihre erschlaffte Frisur. Unter ihren Händen wellte sich das brünette Haar und frischten die Locken auf. Dann stützte sie die betrüblichen Brüste und pries sie mir mit einem Lächeln: sie blieben dort, wohin sie gehoben wurden. Sie strich behutsam mit ihren Fingerspitzen, die sonst so hastig über die Handy-Tasten huschten, über die Lippen ihrer Mutter, und sie wurden wulstig und blutvoll.

Sie untermalte ihre Augen, und die Schatten, die Falten und Rillen darunter waren wie weggewischt. Ilonas Hände längten die gedrungenen Finger, strafften Hüfte und Bauch, formten und streckten die verbrauchte Gestalt ihrer Mutter – ja, sie modellierte Zug um Zug die Skulptur einer beinahe gleichaltrigen Schwester. Sie weckte die immer noch junge Frau, als seien die Jahre der Reife nur ein Schlaf gewesen.

»Sieh nur, das Schutzdach ist fertig!« sagte sie schließlich, nein, sie rief es mit unkontrollierter Lautstärke. Sie selbst schien von ihrem Werk begeistert, mich erstaunte und verwirrte es.

Als nun die beiden Frauen gegeneinander ausgestreckt auf dem Bett lagen, und jede hielt den Kopf in eine Hand gestützt, gab es für mich kaum eine Unterscheidung mehr, welcher von beiden ich mich zuerst näherte: der schönen Rohen oder der, die sie geboren hatte. Auch wenn es mein erster Wunsch war, Ilona zu küssen, so gelang es mir tatsächlich nur, indem ich ihre Mutter küßte. Und als ich mich weiter mit der Verjüngten einließ, da war es, als ob ich durch ein störrisches Dickicht kroch, um darauf in die Lichtung ihrer Tochter zu treten.

Am nächsten Morgen weckte mich ein elektronisches Knurren mit einer SMS von Ilona. »Wenn du mehr Liebe brauchst, komm sofort zurück ins Henkerhaus.«

Ich erwachte unbekleidet auf dem durchgelegenen Bett, neben den duftenden Laken der verschwundenen Frauen.

Die Rohe hatte die Nachricht gezeichnet, aber sie konnte ebensogut von ihrer Mutter verfaßt und verschickt worden sein.

Ich versuchte eine Antwort im verschlüsselten Sentenzen-Stil, den Ilona gewöhnlich verwendete, in der Hoffnung, daß nur sie meine Post verstünde.

»Liebe ist die letzte Gelegenheit in Schwarzweiß.«

Die Sentenz verlor nach kurzer Stichflamme ihren Sinn. Ich schickte nichts. In dem Augenblick, da ich sie nachahmen wollte, war ich nicht mehr in sie verliebt.

Ich brauchte eine Stunde Bedenkzeit. Wenn nicht zurück in die Vorstadt, wohin sollte ich sonst gehen? War ich nicht längst ein Anhängsel der Familie, und ging nicht die Unterhaltung der geretteten Figuren fortwährend in mir weiter? Nach dem Frühstück beschloß ich ins Gewerbegebiet zurückzufahren. Außerdem trieb mich die einfache Neugierde, ob die Mutter denn gegen den Widerstand der übrigen Familie tatsächlich Einlaß gefunden hatte. Ob etwa die geschlossene geschwisterliche Gemeinschaft, die sie so streng über ein Jahrzehnt abgewiesen hatte, am Ende gar gesprengt worden war?

Ich nahm den Bus zur nördlichen Randzone der Stadt und suchte nach dem vereinzelten Wohnhaus im Planquadrat der Lagerhallen und Werksvertretungen. Schließlich stand ich wieder vor dem künstlichen Fachwerkbau und fand die mit Eisenbändern beschlagene Holztür offen, an den Schutz des Eingangs dachte offenbar niemand mehr. Als ich nun im ersten Stockwerk den saalartigen Raum mit dem zugemauerten Kamin betrat, befand ich mich zu meiner Überraschung in einer gänzlich veränderten Gesellschaft.

Wie von einer gemeinsamen Erleichterung beflügelt, schwatzten alle durcheinander, und die ganze Familie, Romero eingeschlossen, benahm sich ungezwungen, war heiter und versöhnlich. Die ausgewählten und bedachten Bewegungen, die Reflexionsmenuette, die mir als Neuankömmling soviel zu staunen gaben, waren nirgends mehr zu beobachten. Alles Sinnieren, das den Menschen verlangsamt, schien aus den Köpfen gewichen. Ilonas Mutter aber führte die Fröhlichkeit an. Offenbar hatte sie das über sie verhängte Hausverbot im ersten Anlauf überwunden. Binnen weniger Stunden, in denen sie die lange vermißten, alten Räume und als erstes die vernachlässigte Küche wieder in Ordnung brachte, hatte sie eine freundlich beherrschende Stellung in der Familie erobert.

Kaum war ich eingetreten, stellte sie das erhobene Backblech mit dem frischen Pflaumenkuchen ab, jauchzte vergnügt, und ihre wachgeküßte, zierliche Gestalt flog in meine Arme. Sie schmiegte sich vor allen anderen sehr eng, sehr liebevoll an mich.

Halb errötend, halb belustigt gab sie mir, gleichsam zu unserer intimeren Verständigung, ein kleines anzügliches Rätsel auf: »Erinnerst du dich? Ich bin diese einfache Verzweigung. Anfang meiner Verzweigung ist aller Anfänge Ziel. Ihr Ende sind zwei wohlgeformte Füße.«

Doch ohne meine Reaktion abzuwarten, fuhr die verliebte Mutter fort: »Wenn wir Menschen auch im einzelnen schlecht lesbar sind oder unlesbar sogar, so stellen wir doch für die Unbekannten aus dem All das einfache Bild einer Verzweigung dar. Ihr Gabelpunkt ist das Nest, aus dem alle Verzweigung hervorgeht.«

In diesem Moment streifte Nadja an uns vorbei und sagte: »Ich hingegen bin eine Letzte. Ich bin der Abschied unzähliger Gabelungen. Ich lebe meine Verzweigung und verzweige mich nicht.«

Die Wiederbegegnung mit »meiner« Familie, mit der so seltsam veränderten Familie, beunruhigte mich, die neue Szene war mir unerklärlich. Jedenfalls war Ilonas Mutter über Nacht – unserer Nacht! – von einer ausgesperrten zu einer willkommenen Person geworden. Sie galt hier nun als Florians Geliebte und wurde daher nicht zuvörderst als jenes Elternteil wahrgenommen, dem man so lange den Zutritt verwehrt hatte.

In der Erscheinung der Verjüngten und Verliebten war ihren Kindern das Bild der früheren Mutter untergegangen oder unkenntlich geworden. Sie bestimmten ihre Identität ausschließlich nach ihrer neuen Zuordnung, nämlich zu mir. Schließlich legte ich mir die Sache so aus: Zutritt zur Familie erhielt nur, wer von einem ihrer Mitglieder als frisch Geliebter oder frisch Geliebte eingeführt wurde. So wie ich zuvor von Nadja und wie die verjüngte Mutter nun von mir. Doch verlud sich diese Liebe dann schnell in den geschwisterlichen Zusammenhalt und stärkte die Wechselwirkung der Sympathie.

Auch blieb es mir nicht verborgen, daß die Mutter unterdessen zur Verehrungswürdigen (»Veneranda«) der fröhlicheren Version aufgestiegen war, während ihre Tochter Ilona deutlich an Anziehungskraft eingebüßt hatte. Auch ich erkannte in ihr auf einmal nichts anderes als ein leidlich hübsches, ein wenig pummliges Mädchen, dazu gehörlos. Ähnlich erging es den anderen der Familie, die früher den unterschwelligen Kräften der Verehrten alles verdankten, ihrer sorglosen Anwesenheit, die wie der milde Nachtwind durch ihr erhitztes Bewußtsein strich – auch sie sahen niemals mehr mit abhängigem Blick zu ihr hin.

Ilona saß auf den Holzdielen des Fußbodens, umklammerte mit beiden Armen ihre Knie und drehte sich von Zeit zu Zeit auf dem Hintern rund um die eigene Achse. Dazu rief sie mit unausgeglichener Stimme mitten in die flüssige Unterhaltung der anderen hinein:

»Wollen wir nicht noch einmal etwas anderes ausprobieren?«

Nadja, meine Nadja bis vor kurzem, ging nun mit ausgebreiteten Armen umher, die sie aber um niemanden schließen wollte oder konnte. Sie zeigte lediglich, daß klafterweit ihr Herz offen stand. Ein Maß, das freilich unter den Anwesenden niemand ausfüllen konnte. Zugleich erinnerte die Gebärde an die steife Flügelspanne eines flugunfähigen Vogels. Sie, die älteste Schwester, schien von meinem Betrug, meiner Entfernung von ihr vollkommen unberührt und war einer aus Selbstbetörung entstandenen Seligkeit verfallen.

Elena hingegen zeigte sich auf andere Weise auffallend verändert. Sie hatte ihr dichtes Haar rotblond gefärbt, sich aufdringlich geschminkt und trug einen viel zu jugendlichen Minirock von jägergrünem Leder. Die Ähnlichkeit mit ihrer Zwillingsschwester, der Rohen, war so gut wie beseitigt. Zu meiner Verwunderung bot *sie* mir, anders als Nadja, die Miene der Zurückgesetzten, der Hintergangenen. Ja, sie begegnete mir mit einer kaum verhohlenen Eifersucht, die mich ebenso überraschte wie für sie einnahm. Sicherlich war es lediglich die Folge der geheimen Übertragungen und Anteilnahmen, die unter Zwillingen üblich sind.

Elena saß abgesondert von den anderen nah dem zugemauerten Kamin. Sie hielt eine Gitarre im Arm, stützte sie auf die übereinandergeschlagenen nackten Beine. Ich legte meine Hand in ihren Nacken. Für diesen Augenblick war sie mir sehr lieb. Jetzt hieß sie auch für mich nur Elena, während ich sie früher, solange ich sie vom Wesen ihrer Schwester unterschied, die Gekochte genannt hatte. Dieser Gegensatz war nicht aufrechtzuerhalten.

»Ich bin jetzt die Frau mit der Gitarre. Aber du mußt vorlieb nehmen mit dem Bild. Spielen kann ich sie nicht.«

Ich beugte mich zu ihr und entgegnete, daß mir von allen Instrumenten die Klänge der Gitarre ohnehin am wenigsten gefielen. Um so stärker könne mich der Anblick der lautlosen Gitarrenspielerin berühren. Denn diese Figur in aller Vollkommenheit darzubieten, gleichsam in ein Gemälde übergegangen, erschiene mir bei weitem anziehender als die gekrümmten Schultern, die wie Schnäbel gespitzten Finger einer tatsächlich musizierenden, die Saiten zupfenden Frau.

Ich spürte in ihrem Nacken, wie gespannt und freudig sie meinen Worten folgte. Wie gern sie wohl ihren Blick frei zu mir erhoben hätte. Aber sie hatte sich ganz in diese Haltung zurückgezogen, sie diente ihr vielleicht sogar als eine Art Versteck. Jedenfalls wagte sie nicht einer inneren Regung nachzugeben und ihr Bild in Gefahr zu bringen.

Albrecht, der Verwachsene, bewegte sich in seinem Rollstuhl viel wendiger und öfter als zuvor. Von allen, die sich hier neu eingerichtet hatten oder die unter dem Einfluß der verjüngten Mutter ihre neue Rolle noch suchten, hatte er, der Älteste der Geschwister, sein Genügen offenbar am schnellsten gefunden. Ich fragte ihn vorsichtig, durch welchen Umstand es sich erklären ließe (der eigentliche, ursächliche Umstand war schließlich ich selbst!), daß die angespannte Unterhaltung der geretteten Figuren sich mittlerweile in eine häuslich alltägliche Stimmung gelöst habe und beinahe wie befreit vom Denken geführt werde. So schien es mir nämlich: als seien die Fäden, die sie mit der höheren Reflexion verbanden, für immer durchtrennt.

»Sind wir denn wirklich anders?« fragte er ein wenig verdutzt. »Wir befinden uns doch mitten im Spiel. Denn es gibt ja keinen lebenden Nicht-Spieler. Niemand lebt, mit dem nicht mindestens der Zufall sein Spiel treibt, so daß er von ihm angespielt wird und ganz unvermeidlich auf diese oder jene Weise parieren muß. Das gilt auch für dieses entlegene Haus und jeden einzelnen von uns.«

Seine Antwort klang für mich wenig überzeugend und verglichen mit dem Geist, der ihn früher bewegte, etwas dünn und ausweichend. Vielleicht aber tat ich ihm unrecht, weil ich eine beziehungsvollere Erklärung erwartet hatte, nach Art jener von allen gemeinsam hervorgebrachten Bewußtseinsgespinste. Ich wollte mich abwenden, da nahm er vom Nähwagen seiner Mutter, der neben ihm stand, eine Schale mit künstlichen Perlen, hob sie empor und schüttete sie über dem Boden aus.

»Siehst du: Keine Lenkung, keine Wege ... Tanzende Perlen und einsam hüpfende und einige, die zerspringen. Perlen einer gerissenen Kette. Welches Vergnügen fänden wir sonst an unseren Gedanken? Eine Schale mit Zuchtperlen ausschütten, die zu nichts gut sind, als sie einmal heftig hüpfen und kichern zu lassen auf dem Boden. Dann kullern sie noch ein Streckchen und liegen schließlich glanzlos in den Fugen wie aller Schutt.«

Nun wollte ich doch wissen, wie sich Romero inzwischen eingerichtet hatte, da er vorher der schärfste Kopf und der eifrigste Netzeknüpfer in der Gemeinschaft war.

Zu meiner Enttäuschung mußte ich aber feststellen, daß in diesem Raum, diesem dunklen ehemaligen Speisesaal, in dem eine geheimnisvolle Sympathie jeden einzelnen zu freien und unerprobten Gedankengängen angespornt hatte, mittlerweile keine übergeordnete Steuerungseinheit, kein *Oberhaupt* mehr existierte, also auch keine Wolke der Eingebungen mehr über den Köpfen schwebte.

Oder schien es mir nur so? Kamen diese Köpfe mir vorher nur deshalb so unerreichbar und souverän vor, weil ich als Neuankömmling so befangen vor ihnen gestanden hatte und dem freien Spiel der Betrachtungen, in dem sie geübt und eingeweiht waren, nur mühsam folgen konnte? Jetzt verhielten sie sich, als hätten sie unterdessen die Weihen des Unerheblichen empfangen, und so waren sie mir ein zweites Mal unzugänglich geworden, in ein Mysterium entwichen.

Romero saß also breit und entspannt in einem Sessel mit hoher Lehne und kostete gierig von dem frischen Pflaumenkuchen, den die neue Veneranda, die Mutter, auf einem Backblech hereintrug und verteilte.

»Jeder ißt für einen anderen. Kennst du das?« fragte er mich bei ungeniertem Schlingen und Kauen.

»Nadja ißt für mich, ich esse für Ilona. Ilona ißt für Albrecht. Und so fort. Nadja widmet mir ihre Speise, ich widme Ilona meine Speise, Ilona widmet

Albrecht ... und so über die ganze Erde. Der große Ritus der Essenden. Einer ißt für den anderen.«

Zwar hatte ich mich fragend genähert, ihm jedoch keine bestimmte Frage gestellt, als er bereits mit dem Kopf nickte und mir seine Antwort gab. Auf eine Frage, die er mir offenbar unterstellte. Ich bemerkte, daß er lauter kleine Schutz- und Fertigteile benutzte, sie, ohne viel nachzudenken, abrief, um auf irgendwelche halluzinierte Fragen zu antworten. Vielleicht wollte er sich gegen jede tatsächlich an ihn gerichtete Frage abschirmen.

»Alle fürchten ihn, doch uns wird er verschonen. Ich spreche vom Feuerball der Wertlosigkeit. Er rast durch unsere Einrichtungen, Parlamente und Institute, nicht nur durch die Banken und Handelshäuser, sondern auch durch Schulen, Vereine, Freundschaften und Familien. Ein Feuerball, der alles mit sich reißt, was noch real und von faßbarem Bestand ist. Alles verbrennt er im Nu und bläht sich zum Roten Riesen. Es wird nichts gründlich Neues geben, ehe nicht eine gewaltige Explosion der Wertlosigkeit sich ereignet hat.«

Er forschte mit einem müden, fast traurigen Blick nach der Wirkung seiner Weissagung und spürte wohl, daß sie bei mir eher schwach ausfiel.

Tatsächlich fühlte ich mich in diesem Augenblick von seinem Einfluß endgültig befreit.

Ich erlaubte mir sogar, mich auf der Armlehne seines Sessels niederzulassen und ein wenig das Plaudern zu beginnen, was ich früher, wenn er in Fahrt kam, niemals gewagt hätte.

»Ich kenne den großen Feuerball sehr genau«, nahm ich seine Worte auf.

»Er wälzt sich durch so manchen Albtraum der Nacht. Kaum ein Verantwortlicher, kaum ein Mächtiger, kaum ein Vorstand der großen Wirtschaftsunternehmen, der Versicherungsgesellschaften und der Rückversicherer hat ihn nicht schon auf sich zu rasen gesehen.

Bevor ich zu euch stieß, stand ich eine Zeitlang als Traumdeuter bei einigen hochgestellten und einflußreichen Persönlichkeiten in Lohn und Brot. Ich legte ihnen aus, was sie in der Nacht an Mahren und Schreckensvisionen heimsuchte. Der große Feuerball jedenfalls, von dem du sprichst, war auf jeden von ihnen schon einmal zugerast. Und alle saßen sie am Morgen vom Schrecken gelähmt hinter ihren Vorstandstischen, wenn sie mich riefen.

Alle Werte – die ganze Wert-Schöpfung vernichtet! Nun, ich muß sagen, daß es mir meistens darum zu tun war, sie von der Harmlosigkeit ihrer Gesichte zu überzeugen. Ich erklärte ihnen, daß es sich lediglich um einen nächtlichen Auswuchs ihrer beruflichen Überanstrengung handle. Bevor ich sie tiefer in die Hölle führte, mußte ich ihnen zuerst die Zuversicht zurückgewinnen, die sie für ihr Tagwerk benötigten.«

»Ach?« fragte Romero und belebte sich ein wenig.
»Traumdeuter? Gibt es so etwas noch?«

»Es war eine Beraterstelle wie tausend andere. Bekanntlich gibt es im modernen Wirtschaftsleben eine schier unendliche Kette von Beratern, die jeweils andere Berater wiederum beraten.«

»Ach?« sagte Romero noch einmal und staunte – aber vor allem, weil ich es nun war, der ihm etwas erzählte. Zum ersten Mal hörte Romero mir zu. Jetzt hatte ich ihn – und er verstand mich nicht ganz.

»Wir haben ja Einrichtungen für alles. Institut reiht sich an Institut. Alle in den besten Wohnlagen. Sie sammeln Daten, Daten, Daten. Aber ich – ich legte den stillen Vorsitzenden die Träume aus. Allerdings weiß ich inzwischen, daß wir nichtauslegbar träumen. Daß Träume keine Umschrift sind, daß man sie nicht nach Symbolen und Gleichnissen untersuchen und diese entschlüsseln kann. Sie sind vielmehr das bildnerische Protein, der verdichtete Stoff, der uns für ein ungleich reicheres Erleben ausbildet, als es im tatsächlichen Leben jemals genutzt werden könnte.«

»Wie meinst du das?« fragte Romero wieder und wurde zusehends wacher. »Ist das wissenschaftlich nachweisbar?«

Und ich antwortete ihm:

»Es gibt zuviele Tagungen, doch keine Schule der Nacht, deren *Aufklärung* unmöglich ist. Unwissen herrscht unter den Menschen seit jeher über jene

Spanne der Nacht, da es keine Zeit gibt, intempesta nox, stundlos tiefe Nacht.

In der uns die Lichthand besucht, die blaß und alt und sehnig ist. Dem einen tröstend durch die Mähne fährt, dem anderen Schorf auf seine Wunde deckt. Sie legt sich dem Mutlosen auf die Schulter, der Betrogenen auf die Scham. Sie streicht über die Stirn des Trauernden und führt den Verirrten heim. Sie tut alles liebevoll und in hilfreicher Absicht.«

Dann beugte ich mich zu ihm und sprach leise, fast flüsternd:

»Es gibt das Bild, das eine, ich habe es gesehen. Das Symbol für unser gegenwärtiges Bewußtsein, die Chiffre der Chiffren, nach der ihr in eurer Abgeschiedenheit so lange gesucht habt. Heute nacht habe ich es gesehen. In aller Deutlichkeit und Geprägtheit kam es mir vor Augen. Wie eine tausendmal verlangsamte Sternschnuppe fiel es durch die Nacht. Es kam mir näher und näher, und ich spürte sein Anwehen genau. Doch in dem Moment, da ich es empfangen wollte, fiel es an mir vorbei und tauchte in eines anderen Menschen Vorstellung ein. Irgendwo auf der Welt wird dieses Bild heute nacht in den Traum eines Menschen gesunken und endgültig gelandet sein. Er wird es fortan besitzen. Es könnte sein, daß *er* es nun ist, der es für alle Zeit unter die Leute bringt. Oder aber er vergißt es nach dem Erwachen, und es wird für immer verloren sein.«

»Warum erzählst du mir das?!« fragte er auf einmal schroff, als tischte ich ihm ein Lügenmärchen auf. Es war deutlich, daß meine Worte genügend Einfluß auf ihn hatten, um sein erschöpftes Bewußtsein wieder aufzuladen.

Da erhob ich mich aber, drückte seine Hand und nahm Abschied von ihm.

Er hielt meine Hand fest, entbot mir einen geradezu um Befreiung flehenden Blick und murmelte: »Das Scheißdenken ... das Scheißdenken.«

Ich begab mich zu Nadja. Sie streckte ihren nackten Arm nach mir aus. Ich hatte das Bedürfnis, ihr noch einmal über das weiche Haar zu streichen. Da legte sie den Arm um meine Hüfte. Sie war die Frau, die man nicht liebt, aber die man endlos in seiner Nähe haben möchte. Der das Ursprüngliche des Wollens und die Zwiespältigkeit der Liebe fremd waren. Doch war sie keine Gleichgültige. Würde man sie verletzen, so würde sie schon aufschreien. Auch wenn ihr nichts dringend war und sie in Ruhe abwartete, solange man mit einer anderen zärtlich war. Sie schien mir jetzt wie eine Pflanze, die sanft hin und her schwankt unter dem Kristallwasser eines Bergbachs. Ja, unter all den Begegnungsarten, die ich in der Liebe schon kennengelernt hatte, verglich ich ihre Berührung mit der Umrankung einer Pflanze.

Mit einem Tier jedenfalls nicht. Dazu fehlte es ihr an Habgier und Raublust. Aber weder kalt noch keusch war sie, sondern immer bereit zu lieben, vielleicht ein wenig konturlos und allzu weich, vielleicht nach der Art der Wirbellosen, wie es einmal war, bevor Tod und Sex in die Fortpflanzungsgeschichte traten. So war es mit ihr, der schönen Angewachsenen. Eine, die davon lebte zu berühren und berührt zu werden, doch niemals sich hinreißen ließ, denn hingerissen wäre sie wie herausgerissen gewesen mit allen Nährfäden aus einem Grund, den niemand kannte. Und niemand riß sie aus diesem Grund, weil sie jeden zuvor in das sanfte Halb und Halb ihrer Liebe einlud und ihn sich ähnlich machen konnte. Ihn ansteckte mit ihrer Vorsicht und mit diesem unvordenklichen Schonen, das sich unter Menschen sonst nirgends erhalten hatte. Mit diesen Gedanken nahm ich Abschied von ihr.

Ilona drehte sich wieder auf ihrem Hintern rund um sich selbst und rief krächzend:

»Wollen wir nicht noch einmal etwas anderes ausprobieren?«

Ich wartete nun auf eine Gelegenheit, die die Aufmerksamkeit aller beanspruchen und es mir erlauben würde, mich unauffällig zu entfernen. In den nächsten Minuten war mit irgendeinem ärgerlichen Zwischenfall zu rechnen, auf den dieses Familienleben zusteuerte – wie alle anderen auch.

Botho Strauß im dtv

»Ein Erzähler, der für Empfindungen der Liebe
Bilder von einer Eindringlichkeit findet, wie sie in der
zeitgenössischen Literatur ungewöhnlich sind.«
Rolf Michaelis

Die Widmung
Eine Erzählung
ISBN 978-3-423-10248-3

»Die Geschichte einer
Trennung überrascht nicht
nur durch sprachlichen und
gedanklichen Reichtum, sondern auch durch Humor.«
(Rolf Michaelis)

Paare, Passanten
ISBN 978-3-423-10250-6

Ein Mosaik unserer Medien-
und Konsumgesellschaft.

Kalldewey
Farce
ISBN 978-3-423-10346-6

Abbild unserer Wirklichkeit,
Seelendrama und Psychofarce.

**Die Hypochonder
Bekannte Gesichter,
gemischte Gefühle**
Zwei Theaterstücke
ISBN 978-3-423-10549-1

Die Fremdenführerin
Stück in zwei Akten
ISBN 978-3-423-10943-7

**Kongreß
Die Kette der Demütigungen**
ISBN 978-3-423-11634-3

Der junge Mann
Roman
ISBN 978-3-423-10774-7

Ein modernes Märchen, die
Beschreibung eines utopischen
Volkes und eine erotische
Spukgeschichte.

Angelas Kleider
Nachtstück in zwei Teilen
ISBN 978-3-423-12437-9

Theaterstücke I
1972–1978
ISBN 978-3-423-11747-0

Theaterstücke II
1981–1991
ISBN 978-3-423-11748-7

Theaterstücke III
1993–1999
ISBN 978-3-423-12853-7

Theaterstücke IV
2001–2005
ISBN 978-3-423-13517-7

Schlußchor
ISBN 978-3-423-12279-5

Beginnlosigkeit
Reflexionen über Fleck
und Linie
ISBN 978-3-423-12358-7

Bitte besuchen Sie uns im Internet: www.dtv.de

Botho Strauß im dtv

»Botho Strauß ist und bleibt der große Zeitgenosse unter
den deutschen Gegenwartsautoren.«
Volker Hage

Ithaka
Schauspiel nach den Heimkehr-
Gesängen der Odyssee
ISBN 978-3-423-12595-6

Die Fehler des Kopisten
ISBN 978-3-423-12656-4
Die Geschichte einer stum-
men, »vorsprachlichen« Liebe.

**Die Ähnlichen
Der Kuß des Vergessens**
Zwei Theaterstücke
ISBN 978-3-423-12834-6

Das Partikular
ISBN 978-3-423-13031-8

**Der Narr und seine Frau
heute abend in** *Pancomedia*
ISBN 978-3-423-13274-9
»Das gibt es also doch noch:
große, wachrüttelnde, ja er-
greifende Kunst im deutschen
Gegenwartstheater.« (Focus)

**Die Nacht mit Alice, als Julia
ums Haus schlich**
ISBN 978-3-423-13399-9

**Der Untenstehende auf
Zehenspitzen**
ISBN 978-3-423-13524-5

**Schändung /
Die eine und die andere**
Theaterstücke
ISBN 978-3-423-13627-3

Mikado
42 kuriose Kalender-
geschichten
ISBN 978-3-423-13788-1

Die Unbeholfenen
Bewußtseinsnovelle
ISBN 978-3-423-13827-7

**Diese Erinnerung an einen,
der nur einen Tag zu
Gast war**
Gedicht
ISBN 978-3-423-19007-7

Rumor
Roman
dtv AutorenBibliothek
ISBN 978-3-423-19125-8
Trotz glänzender Begabung
und vielversprechender An-
fänge betrachtet Bekker sein
Leben als gescheitert. Zuflucht
sucht er in bitterbösen Analy-
sen seiner Umwelt und in der
Beziehung zu seiner Tochter
Grit.

Bitte besuchen Sie uns im Internet: www.dtv.de